U0482487

中国社会科学院登峰战略项目

满通古斯史诗研究丛书
朝克◎主编

伊散珠玛玛
与
喜仁玛玛

贺元秀◎编著

中国社会科学出版社

图书在版编目（CIP）数据

伊散珠玛玛与喜仁玛玛：锡伯语、汉语 / 贺元秀编著 . —北京：中国社会科学出版社，2021.5
（满通古斯史诗研究丛书）
ISBN 978-7-5203-8119-2

Ⅰ.①伊… Ⅱ.①贺… Ⅲ.①锡伯族—史诗—诗集—中国—汉语、锡伯语（中国少数民族语言） Ⅳ.①I222.7

中国版本图书馆 CIP 数据核字（2021）第 047180 号

出版人	赵剑英
责任编辑	马　明
责任校对	刘　洋
责任印制	王　超

出　版	中国社会科学出版社
社　址	北京鼓楼西大街甲 158 号
邮　编	100720
网　址	http://www.csspw.cn
发行部	010-84083685
门市部	010-84029450
经　销	新华书店及其他书店

印　刷	北京明恒达印务有限公司
装　订	廊坊市广阳区广增装订厂
版　次	2021 年 5 月第 1 版
印　次	2021 年 5 月第 1 次印刷

开　本	710×1000　1/16
印　张	13.5
插　页	2
字　数	191 千字
定　价	79.00 元

凡购买中国社会科学出版社图书，如有质量问题请与本社营销中心联系调换
电话：010-84083683
版权所有　侵权必究

序

朝　克[*]

关于锡伯族有没有史诗的问题，我征求过锡伯族有关专家、学者的意见。他们的意见是不统一的。其实，每个民族都有自己的史诗。那么，为什么会出现不同意见呢？我认为，关键是我们对史诗概念的界定及理解有关。在民间文艺学里，史诗是一种结构宏伟、具有综合性特点的民间叙事体长诗。史诗往往出现在人类历史的特定时期，伴随民族的历史一起生长的，故史诗在人类文化史上及民族文化中承载着重要的使命。认同表达是史诗最突出的文化功能。我国学界一般把史诗分成英雄史诗和神话史诗（又称"创世史诗"）两大类，也有学者提出迁徙史诗的概念和范畴。史诗往往被当作一个民族历史文化的"百科全书"，体现出如下几个特征：一是有历史的长篇叙事诗，是一个民族形象化的创业史、生活史，并且与神话有密切的关系，是在神话世界观的基础上产生的；二是一种展现民俗文化的民间文学样式，生动表现民俗生活和民间原始宗教信仰，是一个民族精神文化的集大成者，体现出庄严性；三是几乎综合了文艺的各种形式，具有特殊的审美艺术价值；四是塑造为部族英勇斗争甚至牺牲生命或为人民作出重大贡献的英雄形象，体现出一个民族的认同表达，故包含深沉

---

[*] 朝克，原中国社会科学院民族文学研究所党委书记兼副所长，研究员。

的英雄主义和爱国主义精神。

锡伯文学是中华文学的组成部分，其思想内容带有深沉的英雄主义和爱国主义精神，尤其是自清代就流传于锡伯民间的《迁徙之歌》，虽然其结构尚未达到宏伟，篇幅尚不到千万行甚至几十万行，人物形象不算众多，也未出现像中国三大史诗中栩栩如生的格萨尔、玛纳斯和江格尔这样高大悲壮的英雄形象，但至少可以看作一部反映部分锡伯族人迁徙祖国西北边疆戍边屯垦的历史壮举的史诗。《萨满歌》是锡伯族古典文学的经典，无论是结构规模还是塑造的人物形象（包括神形象），也不论是反映远古时代的生活与信仰习俗还是历史的跨越性及文化的神话性，都表现出是一部神话史诗。尽管其卷帙不够浩繁，故事情节的完整性不足，主人公及主要人物形象不够集中，个性不够鲜明，然而这些不足并不能影响其列入神话史诗的行列。

《萨满歌》塑造的人物形象是成功的。二喜萨满既是《萨满歌》的传写者，又是《萨满歌》的收藏者；既是《萨满歌》的故事线索，又是《萨满歌》的主人公。虽然他给人隐藏于背后的感觉，长诗似乎也未作更多的直接描写，而且还给人以萨满师傅的感觉，但纵观全诗，不难发现，二喜萨满就是时隐时现、一会儿在台上一会儿又在幕后的主人公，他是那拉氏属龙的"血缘纯骨头白"的后生、葛婴，聪明好学，一开始他谦虚谨慎，明白自己才疏学浅、法术不高，故他向四面八方的神祇祈祷哀求。凡是一个葛婴都需要学习和实践的环节，他都以非常虔诚的态度去刻苦学习，认真实践。无论在（百家）门前唱祈祷歌还是设山羊筵招待神灵，他都发自内心地去做。他目标明确，意志坚定，勇敢无畏，无论是攀上金刀梯还是过十八关，都毫不畏惧，勇往直前；他毫无私心，所作所为都是为了患者。平时，他是一个普通人，生活在中界（人间世界），然而，他又是一个特殊的人，当他治病救人时，像一位神仙一样，既与上界的神灵们交往，又与下界的魔鬼们沟通。他能上能下，荣辱皆受。需要卑微时，他祈祷哀求；需要威风时，他呼啸叱咤，指挥神灵，严惩逃跑者！他是一个奉献者，为患者情愿献出一切，他的人生目标就是治好患者的疾病！《萨满歌》通过塑造二喜萨满等人物形象，表现出浓郁的人文主义色彩。

长诗塑造了很多萨满形象（伊散珠萨满、三位萨满、萨满神），其中伊散珠玛玛是想象中的锡伯族萨满教的祖师，是最高神。在《萨满歌》里，多处写到伊散珠萨满："伊散珠萨满扬善惩恶的声音像吟诵的声音"，"二十位萨满啊，已浮在上面；四十位萨满啊，已高高在上"；当萨满徒弟"艰难"通过"十八个卡伦"之后，最后还是要去她那儿"报到"，由她亲自下谕旨，将其"登记入册，归入档案"，并"遣返人间"。在萨满场院里又受到两道大门、两只老虎的阻拦，但在师傅的带领下徒弟会顺利通过。徒弟跟随诸位沃臣神进入里面，只见竖起金刀梯，三位萨满在跳神。最后，他去叩见最高神伊散珠玛玛，她听取扎胡力氏萨满玛法的汇报之后，向三位萨满下达了谕旨："将此人的姓和名登记入册，归入档案"；并以右手摩徒弟的头顶，又下了一道谕旨"可让他返回人间"，于是他被遣返人间。纵观《萨满歌》，在众多萨满形象之中，没有比她更高更强的。她实际上是萨满崇奉的最高神，掌握着至高的权力。倘若没有伊散珠玛玛的支持和帮助，二喜萨满们将一事无成。这也许就是贺元秀教授将最高女神伊散珠作为史诗《伊散珠玛玛与喜仁玛玛》中的主人公之一的重要原因。

长诗塑造的神祇形象，主要分为三类：莽京神、沃臣神和祖先神。莽京神（manggin）主要是由人或猛兽、猛禽等的鬼魂变成的精灵。长诗中提到的莽京神主要有：穆舒鲁墨尔根莽京（螭龙神）、阿麒墨尔根莽京（先祖神）、善琪墨尔根莽京（先祖神）、艾讷德德莽京（先祖神）、阿玉鲁墨尔根莽京（先祖神）、塔斯胡里墨尔根莽京（虎神）、穆罕塔斯哈莽京（雄虎神）、比仁塔斯胡里莽京（雌虎神）、"扎布乍墨尔根莽京（蟒神）、雅尔哈赛音莽京（豹神）、岱穆林墨尔根莽京（雕神）、安初兰墨尔根莽京（鹰神）、艾吐罕墨尔根莽京

（公野猪神）、尼胡里墨尔根莽京（狼神）、斡赫赛音莽京（石神）、色勒赛音章京（铁神）、萨哈连墨尔根莽京（黑神）、苏汝鲁墨尔根莽京（白神）、库汝鲁墨尔根莽京（虎斑色神）等，其中先祖神四个，动物神十个，自然神五个。这些莽京神表现出三个共同的特点：一是都有自己特定的住处；二是很凶猛，但都听从萨满的指挥，送祟驱鬼；三是并非萨满的嫡系，不能供奉在萨满家里，也不能进最高神伊散珠萨满居住的萨满场院。

沃臣神（wecen，又称 weceku）是萨满家里供奉的神祇，其中既有祖先神，也有图腾神。看来沃臣神有很多，地位也很高，《萨满歌》上卷第三章写道："高高在上的沃臣神，至高无上的沃臣神，高如云上的千位沃臣神。"长诗提到的沃臣神主要有：索尔火沃臣（高丽神）、布尔堪巴克西、沙拉巴克西、德巴克西、喜利巴克西、乌兰巴克西、伊散珠巴克西、扎斯胡里氏的始祖岱穆林、阿林玛法纳松额、玛法墨尔根卓清额、玛法墨尔根伊桑阿、玛玛墨尔根色仁哲、玛玛墨尔根诺穆混哲、玛玛墨尔根琦富晗珠、玛法墨尔根吉朗阿、阿玛墨尔根纳里克奇，觉罗氏的玛法墨尔根苏伦保、玛法墨尔根赵充等十八位祖先神。长诗提到的有姓名的家族萨满前辈师傅或曰萨满神有：札成萨满、德成萨满、耶成萨满，扎斯胡里氏的萨满玛法章喀纳，那拉氏的哲勒玛法伍龄额、师傅玛法五十八，吴扎拉氏的师傅阿玛图瓦谦和佟加氏的师傅阿玛斡永果。这些沃臣表现出三个共同的特点：一是萨满的嫡系，住在一起，供奉在萨满家里；二是可以附在萨满身上（神灵附体），帮助萨满具有神力法术、斗鬼降妖、驱魔禳灾；三是作为萨满的嫡系，可以进入最高神伊散珠萨满居住的萨满场院。

祖先神是原始人类的崇拜对象，也是萨满家里供奉的与其相关的沃臣神和不在家里供奉的莽京神。由于人们在灵魂观念的支配下，其祖先被赋予无限扩大了的超自然神秘法力，加深了其对祖先的敬畏之心。祖先崇拜是人类对自身认识的开始，由自然界回到了人间。在《萨满歌》中，随处可以寻见祖先崇拜的痕迹，其中提到了数十个祖先神灵：喜仁玛玛（保佑人丁兴旺的神灵）、哈里堪玛法（男性祖先神，主管人畜平安）、岱穆林、阿林玛法纳松额、玛法墨尔根卓清额、玛法墨尔根伊桑阿、玛玛墨尔根色仁哲、玛玛墨尔根诺穆混哲、玛玛墨尔根琦富晗珠、玛法墨尔根吉朗阿、阿玛墨尔根纳里克奇，觉罗氏的玛法墨尔根苏伦保、玛法墨尔根赵充、艾纳德德、阿琪墨尔根、善琦墨尔根，等等。

长诗还刻画了一些与人类生活紧密相关的自然神，佛多霍玛法（即柳树神），是主管生育之神；苏鲁玛玛（又称玛法玛玛，即痘神），是保佑小孩儿不得天花的神灵；班达玛法（即猎神），是锡伯族保佑狩猎丰收的神灵。

长诗塑造了一些妖魔鬼怪形象：老鬼婆（alhuji jolo）、五位凶神恶煞（瘟神、凶神、山中巫里亚神、尔宾神、劫煞神）、鬼魂灵、野鬼、异巴罕（妖怪）、鬼妖精（hutu ibagan）/异巴罕婆（ibagan hehe）、夜叉非富那（yeca feifuna）、男鬼和女鬼等。其中有两个男鬼和两个女鬼形象描写得极富文学性，其肖像描写令人难忘："嘴唇张得呀，像血盆一样。"这些妖魔鬼怪表现出三个共同的特点：一是都有害人性，是人类的疾病灾难的根源；二是特别惧怕萨满及其神灵，在他们面前往往表现出可怜相；三是不轻易投降妥协，萨满及其神祇与他们往往多次搏斗才能将其彻底制服。此外，萨满有时对它们的态度表现出复杂性，萨满师傅为了实现自己的目的，治好患者的疾病，有时不得不向妖精、鬼婆、狐魅、夜叉、异巴罕平等地诉说、商议、拜托，还希望他们投生变好。

长诗塑造了许多文学意象，像托里、金刀梯、神鼓、神裙、护身围裙、神帽、木盘、磨盘石、腰刀、手镯、匕首、金币、双针、神具、盘子、沙尔丹驼、白牛、清血、白汤、红马、山羊之筵、金香、银香、盅、伊吉利河、色目里河、伊什哈河、嫩江、须弥山、钟阔山、崩阔山、色胡里哈达、叶胡力哈达、萨哈连布占、乌力毛布占、舒尔合布占、萨哈连布占、尼玛兰毛布占、五泉、八泉、九泉、大峡谷、沙混塔拉、索混塔拉、富拉混塔拉、钮混塔拉、舍混塔拉、萨满场院、茅屋、积雪、恶狼、野猪、野马、骑白骏马披挂弓箭撒袋的人、巨鹰、黄毛怪、黄毛人、黑毛人、大雕、大豹、手持长矛的人、凶猛的虎、个子矮小的人、手持大刀的人、90度长的大蛇、母老虎、两道大门、两个老虎、大城、大红门、大斑虎、大凶虎、十八卡伦、巫尔忽、八个贼、八条生灵、八种面、八种油、八件器物、盘子、碗、椅、罐子、箱、靠椅、铲子、念珠等，都是长诗富有象征意义的文学意象，正如黑格尔所言：世界一切民族的最古老的艺术几乎都是象征。

《萨满歌》注重环境描写，包括自然环境和社会环境，而且体现出人性和神性。莽京神住在自然环境里，分别住在河水、山上、山峰、泉水、树林、原野等地；沃臣神则住在萨满家里。其实，莽京神与沃臣神共同组成虚幻的神灵世界。鬼怪妖精虽然未明确指出住在何处，然而我们不难发现，它们共同组成了魔鬼世界。萨满和患者则生活在人间世界。神灵世界、魔鬼世界和人间世界共同成为长诗描写的典型环境。生活在这三个世界的主角们似乎在不同的地方，但他们的关系非常密切，来往频繁。神灵和魔鬼对人间世界非常感兴趣，尤其是高度关注人间世界的疾病患者，他们是其保护和袭击的目标，而且围绕着疾病患者展开激烈的斗争。神灵是听从萨满的召唤和祈求的，会迅速赶到疾病患者家里打败妖怪、驱逐魔鬼，而魔鬼是到疾病患者家里作祟陷害患者。萨满也为疾病患者而生存，一心一意为了治好患者的疾病，让患者恢复健康。这里，人间世界的萨满可以支配神灵世界和魔鬼世界，萨满用他们的法术调动神灵世界的神灵们、可以借助神灵的超自然和超人的力量制服驱逐魔鬼。所以，长诗描写的环境里的主人是萨满，萨满自由来往于三个世界，他是三个世界的沟通者，是人间世界主体地位的保障者和生态文明的守护者。三个世界共同塑造了萨满崇高的形象，可以说，没有三个世界就没有长诗里活灵活现的萨满形象。显然，锡伯族的《萨满歌》属于神话史诗。

"喜利玛玛"也许是锡伯族先祖部落里充满英雄业绩的女酋长、女英雄。目前所见,"喜利玛玛"最早出现的文献是《萨满歌》,称为"喜仁玛玛"和"喜仁巴克西",可见,她早就是民间崇拜的祖先神了。作为产生时间最早且带有浓郁神话性和传奇性的在锡伯族民间长期流传的神话传说《喜利玛玛》也证明了这一点。随着时间的推移,喜利玛玛逐渐被每个锡伯族家庭奉为保护子孙后代繁衍生息的女性保护神,并且具有原始家谱的功能。诚然,"喜利玛玛"只是作为神话传说在民间长期流传,还谈不上史诗。21世纪初,辽宁省的何钧佑老先生(锡伯族)在民间流传的神话传说基础上写出了长篇叙事传奇《何钧佑锡伯族长篇故事》(上下),而新疆的两位诗人阿吉·肖昌和阿苏将其改编为叙事长诗《喜利玛玛》。这是一个飞跃,喜利玛玛成为书面文学的重要形式,使我们看到一位无比美丽、勇敢善战的锡伯族女英雄,并且叙事长诗《喜利玛玛》具有英雄史诗的味道。然而,我写到这里总觉得不够,离史诗还缺少点什么。当我手捧贺元秀教授编著的《伊散珠玛玛与喜仁玛玛》时,心中豁然开朗,一部完整的锡伯族史诗展现在我的面前。本书结构宏伟,由引言、伊散珠玛玛、喜仁玛玛和迁徙之歌组成。其表现的历史包括原始社会、奴隶社会、封建社会和新中国时期的锡伯族民俗生活内容。从"第一部伊散珠玛玛"中,我们不仅可以看出原始社会时期锡伯族祖先氏族——部落宗教的万物有灵论、祖灵论、鬼魂论和自然神话论,而且知道了锡伯族最高神伊散珠萨满是由氏族部落长演变而来的。贺教授的创造性主要表现在如下两点:一是以引言的形式,以伊散珠玛玛视角的所见所闻展现了锡伯族的宇宙起源神话、人类自身的起源神话和自然万物神话,以伊散珠回忆的形式生动表现了锡伯族祖先在远古时期的物质生活和精神生活;二是尽量保留长期流传下来的古代文学典籍《萨满歌》的元素和原味性。

"迁徙之歌",是读者比较熟悉的一部锡伯族叙事长诗。200多年来,它在锡伯族民间广泛流传,可以说家喻户晓,人人皆知。然而,这部叙事长诗篇幅不大（只有200多行），结构规模小，反映的只是清代乾隆二十九年至中华人民共和国成立之初4000多名锡伯族人的西迁和在新疆戍边屯垦的历史，我们无法看到完整的锡伯族历史和充满神话性的英雄史诗。当贺教授把这部叙事长诗和《萨满歌》与《喜利玛玛》创造性地结合起来并加以改编创作后，真正意义上的锡伯族史诗诞生了。在建党100周年之际，我们推出锡伯族史诗《伊散珠玛玛与喜仁玛玛》就是献给祖国、献给党的一份小小的礼物。

2021年2月26日

目　录

引　言 …………………………………………………… (1)

引　言（汉译）………………………………………… (11)

第一部　伊散珠玛玛 …………………………………… (14)

第一部　伊散珠玛玛（汉译）………………………… (56)

第二部　喜仁玛玛 ……………………………………… (71)

第二部　喜仁玛玛（汉译）…………………………… (126)

第三部　锡伯族迁徙之歌 ……………………………… (145)

第三部　锡伯族迁徙之歌（汉译）…………………… (188)

后　记 …………………………………………………… (202)

yarun
引　言

mini　gebube
我的　姓名
heyer　　saisa sembi
何耶尔·塞萨　叫
boo　šeli　nirude　tebumbi
家　舍里　牛录　　住
eye　gisurembi
爷爷　讲
heyer　hala de
何耶尔 姓氏
emu　boobai kas　bi
一个　宝　盒　有
an ucuri　gemu　cira　yaksimbi
平　时　都　紧紧　锁着
gosin dobire　isinam
除夕之夜　　到了
eye　emu　niyalma
爷爷 一个　　人

◀◁◀ 伊散珠玛玛与喜仁玛玛

dergi boode　ukame
西　　屋　　躲
tefi　goro　bodombi
坐着　远　　想

我的姓名叫何耶尔·塞萨，
家住舍里牛录。
据爷爷讲：
何耶尔姓氏有一个祖传的秘密宝盒，
平时紧紧锁着。
只有到了除夕之夜，
爷爷一个人躲在西屋烧香磕头之后，
沉浸于沉思默想。

min juwan ninggun se aniya
我　十　　六　　岁 那年
jorgon biya gusin　inenggi
腊　　月　三十　天
eye dursun niyere nimeku labdu
爷爷 体　 弱　 病　 多
dergi boo cib seme yafahande
西　屋 悄　然　 离开时
boobai kas yose onggoho
宝　　盒　 上锁　 忘了
bi cimciangken dergi boo de dosihe
我　悄悄　　 西 屋　 溜进
sama ucun jai siren mamabe sabuha
《萨满 歌》和 喜仁 玛玛　　见

引 言

在我十六岁那年腊月三十,
也许是爷爷体弱多病,
离开西屋忘了为秘密宝盒上锁。
我出于好奇悄悄溜进西屋,
只见古色古香的《萨满歌》和喜仁玛玛。

saman ucun deriburengge arahabi
《萨满歌》 开篇 写道
umesi onggolo
很久 以前
jonggo oci bisarapi deserepi
中国是 汪 洋
suwayan muduri golmin muduri
黄 龙 长 龙
jai niowanggiyan muduri
和 青 龙
yonggan muduri šayan muduri
沙 龙 白 龙
jai šahaliyan muduri bi
和 黑 龙 有

《萨满歌》开篇写道:
很久以前,
中国是无边无际的汪洋,
只有黄龙、长龙、青龙、沙龙、白龙和黑龙。

伊散珠玛玛与喜仁玛玛

abukai enduri tugi ilafi
天　　神　云　站
akjan jilgan kaicambi
雷　声　呐　喊
suwe　mederi namu de
你们　海　　洋　在
emgeri jakun juemu tumen aniya oho
已经　八　十　一　万　年
suwe　olhon　na banjin be
你们　陆　地　生活
hungkereme buyembi nio
向　　　　往　吗
hungkereme buyembi
向　　　　往
hungkereme buyembi
向　　　　往
hungkereme buyembi
向　　　　往

　　天神站在雪云上发出雷声般的呐喊：
　　你们在海洋已经九九八十一万年，
　　你们不向往陆地生活吗？
　　向往，向往，向往！

abukai enduri ninggun　muduri ujuwe be
天　神　六　　龙　头　把
elheken bilehe
轻轻　抚摸

引　言 ▶▷▶

moderi aimka muduri edun adali aku oho
海洋　像　龙卷　风　一样　消失
jonggo anba nade tucimbi
中国　大　地　呈现
sywayan bira　aimake šun erden adali
黄　河　像　阳　光　一样
golmin ula aimake sunggari bira adali
长　江　像　银　河　一样
yaluzangbu ula
雅鲁藏布　江
aimake niowanggiyan abukai adali
像　青　天　一样
talimu　bira aimake yonggan ein adali
塔里木　河　像　沙　流　一样
šanyan alin aimake šayan menggun adali
沙彦　阿林①像　白　银　一样，
sahalin　ura　aimake šahaliyan aisin adali
萨哈连 乌拉②像　黑　金 一样

　　天神轻轻抚摸了一下六条龙的头，
　　海洋像龙卷风一样消失。
　　中国大地上呈现：
　　像太阳光一样的黄河，
　　像银河一样的长江，
　　像青天一样的雅鲁藏布江，

---

① 沙彦阿林：锡伯语，白山。
② 萨哈连乌拉：锡伯语，黑龙江。

◀◀◀ 伊散珠玛玛与喜仁玛玛

> 像沙流一样的塔里木河，
> 像白银一样的沙彦阿林，
> 像黑金一样的萨哈连乌拉。

siwe aimanda isanju
锡沃 艾曼达①伊散珠

fondo erinuntuhun i jirgan
穿越 时 空 的 声音

mini jui omosi
我的 子 孙们

suwe šanyan alin be
你们 沙彦 阿林 把

enteheme wesihulembi
永远 崇 拜

suwe sahalin ura be
你们 萨哈连 乌拉 把

enteheme wesihulembi
永远 崇 拜

suwe huangdi haji ni changyi be
你们 黄帝的 儿子 昌意 把

enteheme wesihulembi
永远 崇 拜

šanyan alin oci mini ama
沙彦 阿林 是 我的 父亲

sahalin ura oci mini eme
萨哈连 乌拉 是 我的 母亲

---

① 艾曼达：部落长。

引　言 ▶▷▶

changyioci mini mafa
昌　意是 我的 玛法

　　锡沃艾曼达伊散珠
　　发出穿越时空的声音：
　　我的子孙们，
　　你们要永远崇拜沙彦阿林，
　　你们要永远崇拜萨哈连乌拉，
　　你们要永远崇拜黄帝的儿子昌意！
　　因为沙彦阿林是我的父亲，
　　因为萨哈连乌拉是我的母亲。
　　因为昌意是我的玛法。

isanju　aimanda　goro　ci
伊散珠 艾曼达 远方 向
kimcime tuwam bodomimehendumbi
凝视　　沉思　　　自语
xonggunu niyama mini ahun deo be
匈　奴 人　我的 兄 弟 把
gashalambi
欺负
wuhuan alin de ukame dosihe
乌桓　山（向）逃　入
bi jai mini aiman
我 和　我的 艾 曼
sianbi alin de ukame dosihe
鲜卑　山（向）躲　　入

伊散珠玛玛与喜仁玛玛

伊散珠艾曼达凝视着远方自言自语：
匈奴欺负人啊，
我的兄弟逃入乌桓山，
我和我的艾曼躲入鲜卑山。

gašan dongg i doligide
嘎 善 洞 在 里
deijiku de dedufi silhi be amtalambi
薪 在 卧 胆 在 尝
mini amga enen toba mao
我的 后 裔 拓跋 毛
amba batule oho
大 巴图鲁 成长
gusin ninggun aiman
三 十 六 艾曼
jai uyunju uyun hala dubentele bimbi
和 九十九 哈拉①终于 拥有

在嘎善洞卧薪尝胆。
我的后裔拓跋毛，
终于成长为巴图鲁；
终于拥有，
三十六个艾曼和九十九个哈拉。

giltarsambi
辉煌啊

----
① 哈拉：姓氏。

mini amga enen
我的 后　　嗣
toba　tui yin daze ci julesi gurimbi
拓跋 推 寅 大泽向　南　迁
coktolombi
自　豪 啊
mini amga enen
我的　后 人
toba　liwei šengle ci gurimbi
拓跋 力 微　盛 乐向 迁徙

　　辉煌啊，
　　我的后嗣拓跋推寅南迁大泽。
　　自豪啊，
　　我的后人拓跋力微南迁盛乐。

mini amga enen
我的　后　世
aimka enduri gasha adali
像　　神　鸟　一样
šanyan alin　de wasimbi
沙彦　阿林 在　降落
mini amga enen
我的　后　代
aimka niyengniyeri aga　adali
像　春　　雨　一样
non ura ju ekcin de sabuduha
嫩　江 两 岸　在 飘落

◀◁◀ 伊散珠玛玛与喜仁玛玛

mini amga enen kesi be huk šembi
我的　后人们　　恩　　感
min be isanju saman wesihe
我　把 伊散珠 萨满 供奉

> 我的后世，
> 像神鸟一样降落沙彦阿林。
> 我的后代，
> 像春雨一样落满嫩江两岸。
> 我的后人们感恩戴德呀，
> 把我供奉为伊散珠萨满！

isanju　saman šanyan funiyehe
伊散珠 萨满　　白　　发
buruhn niohon
苍　　　苍
den cokcihiyan aniya biya dorgi de
峥　　嵘　　岁　月　里　于
irume simebi
沉　　浸

> 伊散珠萨满白发苍苍，
> 她沉浸于峥嵘岁月的回忆。

引　言（汉译）

我的姓名叫何耶尔·塞萨，
家住舍里牛录。
据爷爷讲：
何耶尔姓氏有一个祖传的秘密宝盒，
平时紧紧锁着。
只有到了除夕之夜，
爷爷一个人躲在西屋烧香磕头之后，
沉浸于沉思默想。

在我十六岁那年腊月三十，
也许是爷爷体弱多病，
离开西屋时，
忘了为秘密宝盒上锁。
我出于好奇悄悄溜进西屋，
只见古色古香的《萨满歌》和《喜仁玛玛》。

《萨满歌》开篇写道：
很久以前，
中国是无边无际的汪洋，

◀◁◀ 伊散珠玛玛与喜仁玛玛

只有黄龙长龙青龙沙龙白龙和黑龙。

天神站在雪云上发出雷声般的呐喊：
你们在海洋已经九九八十一万年，
你们不向往陆地生活吗？
向往，向往，向往！

天神轻轻抚摸了一下六条龙的头，
海洋像龙卷风一样消失。
中国大地上呈现：
像太阳光一样的黄河，
像银河一样的长江，
像青天一样的雅鲁藏布江，
像沙流一样的塔里木河，
像白银一样的沙彦阿林，
像黑金一样的萨哈连乌拉。

锡沃艾曼达伊散珠
发出穿越时空的声音：
我的子孙们，
你们要永远崇拜沙彦阿林，
你们要永远崇拜萨哈连乌拉！
你们要永远崇拜黄帝的儿子昌意，
因为沙彦阿林是我的父亲，
因为萨哈连乌拉是我的母亲。
因为昌意是我的玛法。

伊散珠艾曼达凝视着远方自言自语：

引 言（汉译）

匈奴欺负人啊，
我的兄弟逃入乌桓山，
我和我的艾曼躲入鲜卑山。

在嘎善洞卧薪尝胆。
我的后裔拓跋毛，
终于成长为巴图鲁，
终于拥有，
三十六个艾曼和九十九个哈拉。

辉煌啊，
我的后嗣拓跋推寅南迁大泽。
自豪啊，
我的后人拓跋力微南迁盛乐。

我的后世，
像神鸟一样降落沙彦阿林。
我的后代，
像春雨一样落满嫩江两岸！
我的后人们感恩戴德呀，
把我供奉为伊散珠萨满！

伊散珠萨满白发苍苍，
她沉浸于峥嵘岁月的回忆。

uju yohi　isanju mama
第一部　伊散珠玛玛

一

yenden　gurja　alin　ci

音登　固尔扎　山　从

enggeljin　cinggiljin　　be sindaki

恩格尔津 青格尔津① （把）放 开

amila toli　hūlaha

雄　托里② 呼叫

emile toli　guwendehe

雌　托里　　啼鸣

alta　nor　muke ci

阿尔塔淖尔 水　从

arjan　nimha　angga ci

阿尔湛　鱼　口　从

aisin　tere　toli be

金　那个　托里（把）

---

① 恩格尔津、青格尔津：神鸟名，相传为雄雌二托里的原型。
② 托里：锡伯族萨满的护身符。

第一部　伊散珠玛玛

ayabume　geneki
飞腾　　去
mucen　nimha　angga　ci
穆辰　　鱼　　口　　从
menggun tolibe　mukdebuki
银　　　托里　（把）升起
mukdehei ayahai
升起呀，飞腾呀
isanju　saman　de　nikehe
伊散珠　萨满　　靠　　上

　　从音登固尔扎山，
　　放开恩格尔津和青格尔津。
　　雄托里在呼叫，
　　雌托里在啼鸣。
　　从阿尔塔淖尔水中，
　　从阿尔湛鱼口中，
　　让那个金托里呀，
　　盘旋着飞腾出去；
　　从穆辰鱼的口里，
　　让那个银托里升起来。
　　升起呀飞腾啊，
　　靠上伊散珠萨满。

二

han　alin　i　holo　ci
汗　山　（的）峡谷　从

◀◁◀ 伊散珠玛玛与喜仁玛玛

juru　hujurku　feksibuhe
一对　磨盘石　　滚 跑
feksihei　foršohei
跑 啊　　翻滚啊
fere　be　baime　jibkihe
底　　（把）找　　套上
ai　jalin　jibkihe
什么　为了　套上
tere　aningge　de　jibkihe
那个　属相　　（给）套上

　　从汗山峡谷中，
　　滚下一对磨盘石。
　　滚跑呀翻滚啊，
　　照准底盘套上去。
　　为了什么被套上？
　　只是为了那个病人故。

tangnu　alin　dergi　ci
唐努　　山　　顶上　从
juru　loho　be　deyebuhe
一对　腰刀（把）　飞 扬
deyehei　horgihei
飞呀　　旋转啊
homhon　be　baime　jibkihe
刀鞘　　（把）找　　套上
ai　jalin　jibkihe
什么 为了 套上

第一部　伊散珠玛玛

tere　aningge　de　jibkihe
那个　属 相（给）套上

　　从唐努山顶上，
　　飞扬一对腰刀。
　　飞翔呀旋转啊，
　　照准那刀鞘插上。
　　为了什么能插上？
　　只是为了那个病人故。

sehuri　hada　foron　ci
色胡里　山峰　顶　　从
juru　semken　be　maktaha
一双　　手镯　（把）抛下
maksihei　tuksihei
飞舞啊　　飘扬啊
mayan　be　baime jibkihe
手腕　（把）找　　套上
ai　jalin　jibkihe
什么　为了　套上
tere　aningge　de　jibkihe
那个　属相　（给）套上

　　从色胡里山峰顶，
　　一双手镯抛下来。
　　飞舞啊飘扬啊，
　　只往手腕套上去。
　　为了什么能套上？

◀◁◀ 伊散珠玛玛与喜仁玛玛

只是为了那个病人故。

yehuri　hada　foron　ci
叶胡里　山峰　顶　从
juru　　huwesi　be　jurcebuhe
一对　　匕首　（把）错开
jurcehei　merkihei
交悖啊　　寻思啊
meiren　be　baime　jibkihe
肩膀　（把）找　　套上
ai　jalin　jibkihe
什么　为了　套上
tere　aningge　de　jibkihe
那个　属 相　（给）套上

从叶胡里山峰顶，
一对匕首投下。
交悖啊寻思啊，
照准肩膀套上。
为了什么能套上？
只是为了那个病人故。

altai alin　dergi　ci
阿勒泰山　顶　从
juru　aisin　jiha　ayabuha
一对　金　币　投下
ulcin　futa　be　belhefi
串　绳　（把）准备

· 18 ·

第一部　伊散珠玛玛

edun　be　dahame　deyebuhe
风　（把）顺着　　飞
deyehei　debsihei
飞啊　　飘呀
jiha　i　sangga　jibkihe
币　（的）　孔　　套上
ai　jalin　jibkihe
什么　为了　套上
tere　aningge　de　jibkihe
那个　属相　（给）套上

　　从阿勒泰山顶，
　　一对金币投下。
　　串绳早已准备，
　　顺着风向起飞。
　　飞翔啊飘荡呀，
　　刚好穿在币孔里。
　　为了什么能穿上？
　　只是为了那个病人故。

sunggar　bira　i　bajulu
松阿里　毕拉①（的）巴朱鲁
išiha　bira　i　cajulu
伊什哈　毕拉（的）察朱鲁
semke　tonggo　be　weilefi
丝　　线　（把）　做

---

① 松阿里毕拉：松花江。

· 19 ·

伊散珠玛玛与喜仁玛玛

juru　ulmen　be　eyebuhe
一对　针　（把）　流去
eyehei　　genehei
流呀　　　去呀
ulmen　sen　i　jibkihe
针　　眼　（的）套上
ai　jalin　jibkihe
什么 为了　套上
tere　aningge　de　jibkihe
那个　属相　（给）套上

　　松花江的巴朱鲁，
　　伊什哈河的察朱鲁，
　　理好丝线搓成绳，
　　一对针放进河里。
　　顺水流呀漂浮去，
　　丝绳穿在针眼里。
　　为了什么被穿上？
　　只是为了那个病人故。

bigan　weceku　de　yanduki
野　　沃臣　（向）　委托
bušuku　yemji　de　hebšeki
狐魅　　妖鬼（向）商量
alhūji　jolo　de　geguki
丑老鬼　卓罗（向）哀求
hutu　ibagan　de　gisureki
鬼　　妖精　（向）　说

第一部　伊散珠玛玛　▶▷▶

yece　feifuna　de　henduki
夜叉　菲富那（向）说道
han　i　bolgo　de　baiki
汗　（的）波尔果（向）请求
fodoho　mafa　de　yanduki
柳树　玛法①（向）拜托
suru　mama　de　jalbiraki
苏鲁　玛玛②（向）祈祷
banda　mafa　de　baiki
班达　玛法③（向）请求
sirin　mama　de　henduki
喜仁　玛玛（向）说道
harikan　mafa　de　baiki
哈里堪　玛法④（向）请求
jol　jiyagaci　de　jalbiraki
棹尔 嘉嘎祺　（向）祈祷
ariya　balu　de　hengšeki
阿里亚　巴鲁（向）磕头
jakūn　juktehen　de　yanduki
八　神庙　（向）拜托

　　向原野之神委托，
　　与狐魅妖鬼商量，
　　向卓罗鬼婆哀求，

---

① 柳树玛法：柳树神，即生育神；玛法：祖父、老翁，这里指男性祖先。
② 苏鲁玛玛：痘神（女性）。
③ 班达玛法：猎神。
④ 哈里堪玛法：男性祖先神，主家畜兴旺。

向鬼妖精诉说，
向夜叉菲富那说道，
向汗的波尔果请求，
向柳树玛法拜托，
向苏鲁玛玛祈祷，
向班达玛法央求，
向喜仁玛玛说道，
向哈里堪玛法请求，
向椁尔嘉嘎祺祈祷，
向阿里亚巴鲁磕头，
向八座神庙拜托。

三

biren　tashūr　manggin　si
雌　虎　莽京　你

ijili　bira　ci　ebuki
伊吉力　河　从　下来

hala　muse　i　jashūr
姓　我们　（的）扎斯胡里

alin　mafa　nasungge
阿林　玛法　纳松额

雌虎莽京神啊，
请从伊吉力河降下吧。
我们的扎斯胡里氏，
阿林玛法纳松额。

第一部　伊散珠玛玛 ▶▷▶

jabja　mergen　manggin　si
蟒　　墨尔根　莽京①　你
sumbur　olo　ci　ebuki
须弥　　山　从　降下
hala　muse　i　jashūr
姓　　我们（的）扎斯胡里
mafa　mergen　jokingge
玛法　　墨尔根　卓清额

　　蟒神墨尔根莽京啊，
　　请从须弥山降下吧。
　　我们的扎斯胡里氏，
　　玛法墨尔根卓清额。

mušuru　mergen　manggin　si
穆舒鲁　　墨尔根　莽京　　你
sunja　šeri　ci　ebuki
五　　泉　　从　降下
hala　muse　i　jasūr
姓　　我们（的）扎斯胡里
mafa　mergen　isangga
玛法　　墨尔根　伊桑阿

　　穆舒鲁神墨尔根莽京啊，
　　请从五泉降下吧。
　　我们的扎斯胡里氏，
　　玛法墨尔根伊桑阿。

---

① 莽京：由人或猛兽、猛禽的鬼魂变成的精灵。

◀◁◀ 伊散珠玛玛与喜仁玛玛

aki　mergen　manggin　si
阿麒 墨尔根　莽京　　你
sehuri　hada　ci　ebuki
色胡里　　峰　　从　降下
hala　muse　i　jashūr
姓　　我们（的）扎斯胡里
saman　mafa　jangkana
萨满　　玛法　章喀纳

  阿麒墨尔根莽京神啊，
  请从色胡里峰降临吧。
  我们的扎斯胡里氏，
  萨满玛法章喀纳。

šanci　mergen　manggin　si
善琪　墨尔根　莽京　　你
nimalan　moo　bujan　ci　ebuki
桑　　　树　　林　　从　降下
hala　muse　i　nara
姓　　我们（的）纳喇
jele　mafa　ulingge
哲勒　玛法　伍龄额

  善琪墨尔根莽京神啊，
  请从桑树林降临吧。
  我们的纳喇氏，
  哲勒玛法伍龄额。

第一部　伊散珠玛玛

tashūr　mergen　manggin　si
虎　　　墨尔根　莽京　　你
šahūn　tala　ci　ebuki
苍白　　原野　从　降下
hala　muse　i　nara
姓　　我们　的　纳喇
mama　mergen　cifehanju
玛玛　墨尔根　琦富晗珠

　　虎神墨尔根莽京啊，
　　请从旷野降临吧。
　　我们的纳喇氏，
　　玛玛墨尔根琦富晗珠。

aine　dede　manggin　si
艾讷　德德　莽京　　你
yehuri　hada ci　ebuki
叶胡里　峰 从　降下
hala　muse i　jashūr
姓　　我们的　扎斯胡里
mama　mergen　serenje
玛玛　墨尔根　色仁哲

　　艾讷德德莽京神啊，
　　请从叶胡里峰降下吧。
　　我们的扎斯胡里氏，
　　玛玛墨尔根色仁哲。

· 25 ·

◀◁◀ 伊散珠玛玛与喜仁玛玛

yarha	sain	manggin	si
豹	赛音	莽京	你

semur	bira	ci	ebuki
色目里	河	从	降下

hala	muse i	jashūr
姓	我们的	扎斯胡里

mama	mergen	nomhonjr
玛玛	墨尔根	诺穆混哲

豹神赛音莽京啊，
请从色目里河降临吧。
我们的扎斯胡里氏，
玛玛墨尔根诺穆混哲。

daimulin	mergen	manggin	si
岱穆林	墨尔根	莽京	你

šulhe	moo	bujan	ci	ebuki
梨子	树	林	从	降下

hala	muse i	giyoro
姓	我们的	觉罗

mafa	mergen	surumboo
玛法	墨尔根	苏伦保

岱穆林神墨尔根莽京啊，
请从梨树之林降下吧。
我们的觉罗氏，
玛法墨尔根苏伦保。

sahaliyan　mergen　manggin　si
黑色　　　墨尔根　　莽京　　你
sohon　tala　ci　ebuki
浅黄　　原野　从　降下
hala　muse i　giyoro
姓　　我们的　　觉罗
mafa　mergen　joocung
玛法　　墨尔根　　赵充

　　黑色墨尔根莽京神啊，
　　请从浅黄色原野降临吧。
　　我们的觉罗氏，
　　玛法墨尔根赵充。

kurulu　mergen　manggin　si
虎斑色　墨尔根　莽京　　你
jongko　alin　ci　ebuki
钟阔　　山　　从　降下
hala　muse i　giyoro
姓　　我们的　　觉罗
sefu　mafa　ušiba
师傅　玛法　五十八

　　虎斑色墨尔根莽京神啊，
　　请从钟阔山降下吧。
　　我们的觉罗氏，
　　师傅玛法五十八。

◀◁◀ 伊散珠玛玛与喜仁玛玛

ayulu　mergen　manggin　si
阿裕卢　墨尔根　莽京　你
nun　bire　ci　ebuki
嫩　江　从　降下
hala　muse i　nara
姓　我们的　纳喇
mafa　mergen　jilangga
玛法　墨尔根　吉朗阿

阿裕卢墨尔根莽京神啊，
请从嫩江降临吧。
我们的纳喇氏，
玛法墨尔根吉朗阿。

anculan mergen　manggin　si
鹰　墨尔根　莽京　你
uli　moo　bujan　ci　ebuki
棠棣树　林　从　降下
hala　muse i　ujala
姓　我们的　乌扎喇
sefu　ama　tuwakiyan
师傅　父　图瓦谦

鹰神墨尔根莽京啊，
请从棠棣树林降下吧。
我们的乌扎喇氏，
师傅父亲图瓦谦。

· 28 ·

第一部　伊散珠玛玛

wehei　sain　manggin　si
石头　赛音　莽京　你
jebele　dashūwan　be　ashafi
箭筒　弓袋　（把）佩带
suru　morin　be　yalufi
白色　马　（把）骑上
fulahūn　tala　ci　ebuki
赤色　原野　从　降下
hala　muse i　tonggiya
姓　我们的　佟佳
sefu　ama　oyonggo
师傅　父　斡永果

　　石头赛音莽京神啊，
　　请佩带你的箭筒弓袋。
　　骑上白色骏马，
　　请从赤色原野降临吧。
　　我们的佟佳氏，
　　师傅父亲斡永果。

selei　sain　janggin　si
铁　赛音　章京　你
jebele　dashūwan be　ashafi
箭筒　弓袋　（把）佩带
suru　morin　be　yalufi
白色　马　（把）骑上
bongko　alin　ci　ebuki
崩阔　山　从　降下

· 29 ·

◀◁◀ 伊散珠玛玛与喜仁玛玛

hala　muse i　nara
姓　我们的　纳喇
ama　mergen　nalikci
父　墨尔根　纳力克奇

铁的赛音章京神啊,
背上你的弓箭袋吧。
骑上白色马,
请从崩阔山降下吧。
我们的纳喇氏
父亲墨尔根纳力克奇。

surulu　mergen　manggin　si
苏汝鲁　墨尔根　莽京　你
išiha　bira　ci　ebuki
伊什哈　河　从　降下
aiduhan　mergen　manggin　si
公野猪　墨尔根　莽京　你
sahaliyan　bujan　ci　ebuki
黑色　林　从　降下
niohuri　mergen　manggin　si
狼　墨尔根　莽京　你
niohon　tala　ci　ebuki
青色　原野 从　降下

苏汝鲁墨尔根莽京神啊,
请从伊什哈河降下吧。
公野猪神墨尔根莽京啊,

第一部 伊散珠玛玛 ▶▷▶

请从黑色树林降临吧。
狼神墨尔根莽京啊，
请从绿色原野降临吧！

四

yabuhai　genehei　niohon
走着呀　去了呀　青色

tala　de　isinaha
原野（里）到了

ninggun　niohe　jugūn　be
六　　　狼　　路　　（把）

heturefi　dulemburkū　ilihabi
拦截　　不让通过　　站立

adarame　dulembi　（sefu gisun）　niohuri
如何　　通过　　师傅说　　　　狼

manggin　muduri　aningge　be
莽京　　龙　　　属相　　（让）

uju　i　karun　be　dulembuki
第一（的）卡伦　（把）让通过

(niohon　tala)
(青色　　原野)

　　走着呀去了呀，
　　到了青色原野。
　　六只恶狼站立在那儿，
　　拦截去路不让通过。
　　如何通过？

· 31 ·

◀◁◀ 伊散珠玛玛与喜仁玛玛

师傅说：狼神莽京啊，
让这属龙的人，
通过第一道卡伦吧！

yabuhai　genehei　emu
走着呀　　去了呀　　一个
sahaliayan　bujan　de　isinaha
黑色　　　林　　（里）到了
sunja　bigan　i　ulgiyan
五　　　野　（的）猪
jugūn　be　dalime　ilifi
路　（把）挡住　　立
heturefi　dulemburkū　ilihabi
拦截　　　不让通过　　　站立
adarame　dulembi　（sefu gisun）　aiduha
如何　　　通过　　　（师傅说）　公野猪
manggin　muduri　aningge　be
莽京　　　龙　　　属相　　（让）
jai　karun　be　dulembuki
第二卡伦（把）　让通过
（sahaliyan　bujan）
（黑色　　　林）

走着呀去了呀，
到了一个黑色树林。
五头野猪站立在那儿，
挡住去路不让通过。
如何通过？

师傅说：公野猪神莽京啊，
让他穿过（黑色树林），
通过第二道卡伦吧！

yabuhai　genehei　emu
走着呀　去了呀　一个
amba　bira　de　isinaha
大　　河（里）到了
duin　sula　morin　jifi
四　　闲散　马　　来了
jugūn　be　dalime　ilifi
路　　把　挡住　　立
heturefi　dulemburkū　ilihabi
拦截　　　不让通过　　站立
adarame　dulembi　（sefu gisun）　surulu
如何　　　通过　　　师傅说　　　苏汝鲁
manggin　muduri　aningge　be
莽京　　　龙　　　属相　　（让）
ilaci　karun　be　dulembuki
第三　卡伦（把）让通过
（išiha　bira）
（伊什哈　河）

走着呀去了呀，
到了一条大河边。
四匹野马站立在那儿，
挡住去路不让通过。
如何通过？

◀◁◀ 伊散珠玛玛与喜仁玛玛

  师傅说：苏汝鲁莽京神啊，
  让他渡过（伊什哈河），
  通过第三道卡伦吧！

yabuhai genehei emu
走着呀 去了呀 一个
amba alin de isinaha
大 山 里 到了
emu suru morin yaluha jebele
一个 白 马 骑 箭筒
dashūwan ashaha niyalma jifi
弓袋 佩带 人 来了
heturefi dulemburkū ilihabi
拦截 不让通过 站立
heturefi dulembi （sefu gisun） selei sain
拦截 通过 师傅说   铁的 赛音
janggin muduri aningge be
章京 龙   属相 （让）
duici karun be dulembuki
第四 卡伦（把）让通过
（bongko alin）
（崩阔 山）

  走着呀去了呀，
  到了一座大山前。
  一个骑白马佩带弓箭袋的人，
  挡住去路不让通过。
  如何通过？

师傅说：色勒赛音莽京神啊，
让他越过（崩阔山）
通过第四道卡伦吧！

yabuhai　genehei　emu
走着呀　　去了呀　　一个
fulahūn　tala　de　isinaha
赤色　　原野（里）到了
emu　suru　morin　yaluha　jebele
一个　白　　马　　骑　　　箭筒
dashūwan　ashaha　niyalma　jifi
弓袋　　　佩带　　人　　来了
heturefi　dulemburkū　ilihabi
拦截　　不让通过　　站立
adarame　dulembi　(sefu gisun)　wehei　sain
如何　　通过　　师傅说　　　石的　好
manggin　muduri　aningge　be
莽京　　龙　　　属相　　（让）
sunjaci　karun　be　dulembuki
第五　　卡伦（把）让通过
(fulahūn　tala)
(赤色　原野)

走着呀去了呀，
到了一个赤色原野。
一个骑白马佩带弓箭袋的人，
挡住去路不让通过。
如何通过？

伊散珠玛玛与喜仁玛玛

　　师傅说：斡赫赛音莽京神啊，
　　让他走过（赤色原野），
　　通过第五道卡伦吧！

yabuhai　genehei　emu
走着呀　去了呀　一个
uli　mooi　bujan　de　isinaha
棠棣　树　林　（里）到了
emu　amba　giyahūn
一个　大　鹰
jugūn　be　dalime　ilifi
路　（把）挡住　立
heturefi　dulemburkū　ilihabi
拦截　不让通过　站立
adarame　dulembi　(sefu gisun)　anculan
如何　通过　师傅说　鹰
manggin　muduri　aningge　be
莽京　龙　属相　（让）
ningguci　karun　be　dulembuki
第六　卡伦（把）让通过
(uli mooi　bujan)
(棠棣树　林)

　　走着呀去了呀
　　到了一个棠棣树林
　　一只巨鹰飞过来，
　　落在那里拦住去路，
　　如何通过？

师傅说：鹰神莽京啊，
让他穿过（棠棣树林），
通过第六道卡伦吧！

yabuhai　genehei　emu
走着呀　　去了呀　　一个
amba　bira　de　isinaha
大　　河（里）　到了
emu　suwayan　funiyehengge　jaka
一个　黄　　　毛的　　　　东西
jugūn　be　dalime　ilifi
路　　（把）挡住　　立
heturefi　dulemburkū　ilihabi
拦截　　　不让通过　　站立
adarame　dulembi　（sefu gisun）　ayulu
如何　　　通过　　　师傅说　　　阿裕卢
manggin　muduri　aningge　be
莽京　　　龙　　　属相　　（让）
nadaci　karun　be　dulembuki
第七　　卡伦　（把）让通过
（nun　bira）
（嫩　江）

走着呀去了呀，
到了一条大河边。
走出一个黄毛怪，
站在那里拦住去路。
如何通过？

◀◁◀ 伊散珠玛玛与喜仁玛玛

师傅说：阿裕卢莽京啊，
让他渡过（嫩江），
通过第七道卡伦吧！

yabuhai　genehei　emu
走着呀　去了呀　一个
amba　alin　de　isinaha
大　　山（里）　到了
emu　suwayan　funiyehengge　niyalma
一个　黄　　　毛的　　　　人
jugūn　be　dalime　ilifi
路　（把）挡住　立
heturefi　dulemburkū　ilihabi
如何　　不让通过　站立
adarame　dulembi　（sefu gisun）　kurulu
拦截　　通过　　（师傅说）　　虎斑
manggin　muduri　aningge　be
莽京　　龙　　　属相　　（让）
jakūci　karun　be　dulembuki
第八　卡伦（把）让通过
（jongko　alin）
（钟阔　山）

走着呀去了呀，
到了一座大山前。
走出一个黄毛人，
站在那里拦住去路。
如何通过？

第一部　伊散珠玛玛

师傅说：龙神莽京啊，
让他走过（五泉），
通过第十六道卡伦吧！

yabuhai　genehei　emu
走着呀　去了呀　一个
amba　holo　de　isinaha
大　　谷　（里）到了
emu　uyunju　da　gūlmin　jabja
一个　九十　庹　长　　蟒
jugūn　be　dalime　dedufi
路　（把）挡住　躺着
heturefi　dulemburkū　ilihabi
拦截　　不让通过　　站立
adarame　dulembi　(sefu gisun)　jabja
如何　　通过　　　师傅说　　蟒
manggin　muduri　aningge　be
莽京　　龙　　　属相　　（让）
juwan　nadaci　karun　be　dulembuki
第十　七　　　卡伦　（把）让通过
(sumibur　olo)
（须弥　　山）

走着呀去了呀，
到了一条大峡谷。
一个九十庹长的大蟒，
横着躺在路上拦截不让通过。
如何通过？

· 47 ·

◀◁◀ 伊散珠玛玛与喜仁玛玛

  师傅说：蟒神莽京啊，
  让他越过（须弥山），
  通过第十七道卡伦吧！

yabuhai genehei emu
走着呀 去了呀 一个

emba bira de isinaha
大 河 （里） 到了

emu biren tasha
一个 雌 虎

jugūn be dalime ilifi
路 （把） 挡住 立

heturefi dulemburkū ilihabi
拦截 不让通过 站立

adarame dulembi （sefu gisun） biren tashūr
如何 通过 师傅说 雌 虎

manggin muduri aningge be
莽京 龙 属相 （让）

juwan jakūci karun be dulembuki
第十 八 卡伦 （把） 让通过

（ijili bira）
（伊吉力 河）

  走着呀去了呀，
  到了一条大河边。
  跑出一只母老虎，
  站在那里拦住去路。
  如何通过？

第一部　伊散珠玛玛

师傅说：虎神莽京啊，
让他渡过（伊吉力河），
通过第十八道卡伦吧！

yabuhai　genehei　emu
走着呀　去了呀　一个
emba　hoton　de　isinaha
大　　城　（里）到了
emu　duka　jafaha　niyalma
一个　大门　拿　　人
duka　be　dalime　ilifi
大门（把）挡住　　立
heturefi　dulemburkū　ilihabi
拦截　　不让通过　　站立
adarame　dosimbi　(sefu gisun)　geren
如何　　进去　　　师傅说　　众
manggin　se　muduri　aningge　be
莽京　　们　龙　　属相　　（让）
hoton　de　yarume　dosimbuki
城　（里）引导　　让进去
(saman　kūwaran)
（萨满　　场院）

走着呀去了呀，
到了一座大城前。
一个看守大门的人，
把守大门不让通过，
如何进呀？

· 49 ·

◀◁◀ 伊散珠玛玛与喜仁玛玛

师傅说：诸位莽京神啊，
把这属龙的人，
引入（萨满场院）去吧。

yabuhai　genehei　emu
走着呀　去了呀　一个
amba　fulgiyan　duka　de　isinaha
大　　红　　门　（里）到了
eme　amba　kurin　tasha
一个　大　　斑　　虎
duka　be　dalime　ilifi
大门（把）挡住　　立
heturefi　dulemburkū　ilihabi
拦截　　不让通过　　站立
adarame　dosimbi　（sefu gisun）　geren
如何　　进去　　　师傅说　　　众
wecen　se　muduri　aningge　be
沃臣①们　龙　　属相　　（让）
amba　duka　de　yarume　dosimbuki
大　　门　（里）引导　　让进去
（isanju　mama）
（伊散珠　玛玛）

走着呀去了呀，
来到一个大红门。
有一只大斑虎挡住大门不让进，

---

① 沃臣：萨满在家里供奉的神祇，既有祖先神又有图腾神。

如何进呀？
师傅说：诸位沃臣神啊，
领这属龙的人，
引入（伊散珠玛玛的）大门吧。

yabuhai　genehei　emu
走着呀　去了呀　一个
jai　duka　de　isinaha
第二　门　（里）到了
emu　amba　muhan　tasha
一个　大　雄　虎
duka　be　dalime　ilifi
大门（把）挡住　立
heturefi　dosimburkū　ilihabi
拦截　不让通过　站立
adarame　dulembi　(sefu gisun)　dele
如何　通过　师傅说　上面
wecen　se　muduri　aningge　be
沃臣　们　龙　属相　（让）
yarume　dolo　dosimbuki
引导　里边　让进去
(jai　duka)
(第二　大门)

走着呀去了呀，
到了第二道大门。
有一只大雄虎挡住大门不让进，
如何进呀？

◀◁◀ 伊散珠玛玛与喜仁玛玛

　　师傅说：诸位上界的沃臣神啊，
　　领他进入（第二道大门）吧。

　　yabuhai　genehei　geli
　　走着呀　　去了呀　　又
　　geren　wecen　sebe　dahame
　　众　　　沃臣　　们　　跟着
　　dolo　dosifi　tuwaci
　　里边　进去　　看
　　aisin　cakūran　ilibufi
　　金　　刀梯　　　竖立
　　ilan　saman　samdame　ilihabi
　　三　　萨满　　跳神　　　站立
　　geleme　šurgeme　bisire　de
　　害怕　　发抖　　　时候
　　musei　jashūr　hala　nara　halai
　　我们的　扎斯胡里　氏　纳喇　氏（的）
　　dele　soorin　i　mafase
　　上面　神位（的）　玛法们
　　yarume　dolo　dosimbfi
　　引导　　里边　使进去
　　isanju　mama　de　acabuha
　　伊散珠　玛玛　（向）使朝见

　　　　走着呀去了呀，
　　　　跟随沃臣们，
　　　　进到里边就看见：
　　　　当中竖立金刀梯，

· 52 ·

三位萨满在跳神。
害怕发抖的时候,
我们的扎斯胡里氏纳喇氏(的)
诸位在上的祖先神,
引导他进到里边去,
朝见伊散珠玛玛。

isanju　mama　hese　wasime　hendume
伊散珠 玛玛　 旨 　 下 　 说道
ya　halai　enen　sehe　de
哪个姓氏的　子嗣　说了(时)
musei　jashūr　halai
我们的　扎斯胡里氏(的)
saman　mafa　wesimbuhengge
萨满　玛法　 上奏
nara　halai　muduri　aningge
纳喇　氏的　龙　 属相
meni　sonjohongge　ere　aniya
我们　挑选的　 今　年
juwan　jakūn　se　oho
十　 八　 岁　有了
saman　seme　sarkiyabuha
萨满　作为　使抄写
geyen　seme　tucibuhe
葛婴① 作为　使出来

---

① 葛婴:有萨满征兆的人被选中学萨满的学徒。

· 53 ·

◀◁◀ 伊散珠玛玛与喜仁玛玛

aisin　i　wan　de　ayabufi
金（的）梯（上）使攀上
menggun　i　wan　de　mukdebufi
银　（的）梯　上　使升腾
juwan　jakūn　karun　be
十　　八　　卡伦　（把）
dulebume　dele　acabume
使通过　　上面　使朝见

伊散珠玛玛降旨说道：
哪个姓氏的后生子？
我们扎斯胡里氏（的）萨满玛法
问询上前回禀道：
他是纳喇氏属龙的后生，
是我们挑选中的人。
今年已满十八岁，
选为萨满抄写神书，
挑中葛婴来推荐，
让他攀上金刀梯，
让他腾上银刀梯，
又将那十八卡伦，
一一顺利通过，
引他来朝见您。

gajiha　sehe　manggi
叫来　说了　之后
isanju　saman　ilan　saman　de
伊散珠　萨满　三　萨满　（给）

· 54 ·

第一部 伊散珠玛玛

hese　wasime　hendume　erei
旨　　下　　　说道　　此人的
aningge　se　gebu　hala　be
属相　　岁　名　　姓　（把）
dangse　de　eje　dang　an
档册　（上）记　档　案
de　　dedubu　seme　dedubufi
（上）存入　　说了　　存入后
ici　halai　adise　bufi
右　手　　阿底色　给了
yangni　jalan　de　amasi
阴的　　世　（里）往后
bederebu　seme　hese
返回　　　说了　旨
wasimbufi　amasi　bederebuhe
降下　　　　往后　　使返回

　　伊散珠玛玛下谕旨，
　　吩咐三位萨满道：
　　"将他的年庚与姓名，
　　计入名册归入档。"
　　登记造册完毕后，
　　右手摩顶赐福他，
　　伊散珠玛玛又传谕：
　　"把他送回阳间去。"
　　于是他返回阳间。

· 55 ·

第一部　伊散珠玛玛（汉译）

一

从音登固尔扎山，
放开恩格尔津和青格尔津。
雄托里在呼叫，
雌托里在啼鸣。
从阿尔塔淖尔水中，
从阿尔湛鱼的口中，
让那个金托里呀，
盘旋着飞腾出去；
从穆辰鱼的口里，
让那个银托里升起来。
升起呀飞腾啊，
靠上伊散珠萨满。

二

从汗山峡谷中，
滚下一对磨盘石。

第一部 伊散珠玛玛（汉译）

滚跑呀翻滚啊，
照准底盘套上去。
为了什么被套上？
只是为了那个病人故。

从唐努山顶上，
飞扬一对腰刀。
飞翔呀旋转啊，
照准那刀鞘插上。
为了什么能插上？
只是为了那个病人故。

从色胡里山峰顶，
一双手镯抛下来。
飞舞啊飘扬啊，
只往手腕套上去。
为了什么能套上？
只是为了那个病人故。

从叶胡里山峰顶，
一对匕首投下。
交悖啊寻思啊，
照准肩膀套上。
为了什么能套上？
只是为了那个病人故。

从阿勒泰山顶，
一对金币投下。

◀◁◀ 伊散珠玛玛与喜仁玛玛

串绳早已准备,
顺着风向起飞。
飞翔啊飘荡呀,
刚好穿在币孔里。
为了什么能穿上?
只是为了那个病人故。

松花江的巴朱鲁,
伊什哈河的察朱鲁,
理好丝线搓成绳,
一对针放进河里。
顺水流呀漂浮去,
丝绳穿在针眼里。
为了什么被穿上?
只是为了那个病人故。

向原野之神委托,
与狐魅妖鬼商量,
向卓罗鬼婆哀求,
向鬼妖精诉说,
向夜叉菲富那说道,
向汗的波尔果请求,
向柳树玛法拜托,
向苏鲁玛玛祈祷,
向班达玛法央求,
向喜仁玛玛说道,
向哈里堪玛法请求,
向棹尔嘉嘎祺祈祷,

向阿里亚巴鲁磕头，
向八座神庙拜托。

三

雌虎莽京神啊，
请从伊吉力河降下吧。
我们的扎斯胡里氏，
阿林玛法纳松额。

蟒神墨尔根莽京啊，
请从须弥山降下吧。
我们的扎斯胡里氏，
玛法墨尔根卓清额。

螭（龙）神墨尔根莽京啊，
请从五泉降下吧。
我们的扎斯胡里氏，
玛法墨尔根伊桑阿。

阿麒墨尔根莽京神啊，
请从色胡里峰降临吧。
我们的扎斯胡里氏，
萨满玛法章喀纳。

善琪墨尔根莽京神啊，
请从桑树林降临吧。
我们的纳喇氏，

◀◁◀　伊散珠玛玛与喜仁玛玛

哲勒玛法伍龄额。

虎神墨尔根莽京啊，
请从旷野降临吧。
我们的纳喇氏，
玛玛墨尔根琦富晗珠。

艾讷德德莽京神啊，
请从叶胡里峰降下吧。
我们的扎斯胡里氏，
玛玛墨尔根色仁哲。

豹神赛音莽京啊，
请从色目里河降临吧。
我们的扎斯胡里氏，
玛玛墨尔根诺穆混哲。

雕神墨尔根莽京啊，
请从梨树之林降下吧。
我们的觉罗氏，
玛法墨尔根苏伦保。

黑色墨尔根莽京神啊，
请从浅黄色原野降临吧。
我们的觉罗氏，
玛法墨尔根赵充。

虎斑色墨尔根莽京神啊，

第一部　伊散珠玛玛（汉译）

请从钟阔山降下吧。
我们的觉罗氏，
师傅玛法五十八。

阿裕卢墨尔根莽京神啊，
请从嫩江降临吧。
我们的纳喇氏，
玛法墨尔根吉朗阿。

鹰神墨尔根莽京啊，
请从棠棣树林降下吧。
我们的乌扎喇氏，
师傅父亲图瓦谦。

石头赛音莽京神啊，
请佩带你的箭筒弓袋。
骑上白色骏马，
请从赤色原野降临吧。
我们的佟佳氏，
师傅父亲斡永果。

铁的赛音章京神啊，
背上你的弓箭袋吧。
骑上白色马，
请从崩阔山降下吧。
我们的纳喇氏
父亲墨尔根纳力克奇。

伊散珠玛玛与喜仁玛玛

苏汝鲁墨尔根莽京神啊，
请从伊什哈河降下吧。
公野猪神墨尔根莽京啊，
请从黑色树林降临吧。
狼神墨尔根莽京啊，
请从绿色原野降临吧！

四

走着呀去了呀，
到了青色原野。
六只恶狼站立在那儿，
拦截去路不让通过。
如何通过？
师傅说：狼神莽京啊，
让这属龙的人，
通过第一道卡伦吧！

走着呀去了呀，
到了一个黑色树林。
五头野猪站立在那儿，
挡住去路不让通过。
如何通过？
师傅说：公野猪神莽京啊，
让他穿过（黑色树林），
通过第二道卡伦吧！

走着呀去了呀，

第一部 伊散珠玛玛（汉译）▶▷▶

到了一条大河边。
四匹野马站立在那儿，
挡住去路不让通过。
如何通过？
师傅说：苏汝鲁莽京神啊，
让他渡过（伊什哈河），
通过第三道卡伦吧！

走着呀去了呀，
到了一座大山前，
一个骑白马佩带弓箭袋的人，
挡住去路不让通过。
如何通过？
师傅说：色勒赛音莽京神啊，
让他越过（崩阔山）
通过第四道卡伦吧！

走着呀去了呀，
到了一个赤色原野，
一个骑白马佩带弓箭袋的人，
挡住去路不让通过。
如何通过？
师傅说：斡赫赛音莽京神啊，
让他走过（赤色原野），
通过第五道卡伦吧！

走着呀去了呀，
到了一个棠棣树林。

· 63 ·

◀◁◀ 伊散珠玛玛与喜仁玛玛

一只巨鹰飞过来,
落在那里拦住去路,
如何通过?
师傅说:鹰神莽京啊,
让他穿过(棠棣树林),
通过第六道卡伦吧!

走着呀去了呀,
到了一条大河边,
走出一个黄毛怪。
站在那里拦住去路,
如何通过?
师傅说:阿裕卢莽京啊,
让他渡过(嫩江),
通过第七道卡伦吧!

走着呀去了呀,
到了一座大山前。
走出一个黄毛人,
站在那里拦住去路。
如何通过?
师傅说:库汝鲁莽京啊,
让他越过(钟阔山),
通过第八道卡伦吧!

走着呀去了呀,
到了一个浅黄原野。
走出一个黑毛人,

第一部 伊散珠玛玛（汉译）▶▷▶

站在那里拦住去路。
如何通过？
师傅说：萨哈连莽京啊，
让他走过（浅黄原野），
通过第九道卡伦吧！

走着呀去了呀，
到了一个梨树林。
一只大雕飞过来，
落在那里拦住去路。
如何通过？
师傅说：雕神莽京啊，
让他穿过（梨树林），
通过第十道卡伦吧！

走着呀去了呀，
到了一条大河边。
走出一只大豹，
站在那里拦住去路。
如何通过？
师傅说：豹神莽京啊，
让他走过（色目里河），
通过第十一道卡伦吧！

走着呀去了呀，
到了一座高峰前。
一位手持长矛的人，
站在那里拦住去路。

伊散珠玛玛与喜仁玛玛

如何通过？
师傅说：艾纳德德莽京啊，
让他越过（叶胡里峰），
通过第十二道卡伦吧！

走着呀去了呀，
到了一个白色原野。
窜出一只凶猛的虎，
站在那里拦住去路。
如何通过？
师傅说：虎神莽京啊，
让他走过（白色原野），
通过第十三道卡伦吧！

走着呀去了呀，
到了一个桑树林。
一个个子矮小的人，
站在那里拦住去路。
如何通过？
师傅说：善琪莽京啊，
让他穿过（桑树林），
通过第十四道卡伦吧！

走着呀去了呀，
到了一座高大山峰前。
一个手拿大刀的人，
站在那里拦住去路。
如何通过？

师傅说：阿麒莽京啊，
让他越过（色胡里峰），
通过第十五道卡伦吧！

走着呀去了呀，
到了一个五泉地方。
一个九十庹长的大蛇，
横着躺在路上拦截不让通过。
如何通过？
师傅说：龙神莽京啊，
让他走过（五泉），
通过第十六道卡伦吧！

走着呀去了呀，
到了一条大峡谷。
一个九十庹长的大蟒，
横着躺在路上拦截不让通过。
如何通过？
师傅说：蟒神莽京啊，
让他越过（须弥山），
通过第十七道卡伦吧！

走着呀去了呀，
到了一条大河边。
跑出一只母老虎，
站在那里拦住去路。
如何通过？
师傅说：虎神莽京啊，

◀◁◀ 伊散珠玛玛与喜仁玛玛

让他渡过（伊吉力河），
通过第十八道卡伦吧！

走着呀去了呀，
到了一座大城前。
一个看守大门的人，
把守大门不让通过，
如何进呀？
师傅说：诸位莽京神啊，
把这属龙的人，
引入（萨满场院）去吧。

走着呀去了呀，
来到一个大红门。
有一只大斑虎
挡住大门不让进，
如何进呀？
师傅说：诸位沃臣神啊，
领这属龙的人，
引入（伊散珠玛玛的）大门吧。

走着呀去了呀，
到了第二道大门。
有一只大雄虎挡住大门不让进，
如何进呀？
师傅说：诸位上界的沃臣神啊，
领他进入（第二道大门）吧。

第一部　伊散珠玛玛（汉译）

走着呀去了呀，
跟随沃臣们，
进到里边就看见：
当中竖立金刀梯，
三位萨满在跳神。
害怕发抖的时候，
我们的扎斯胡里氏纳喇氏（的）
诸位在上的祖先神，
引导他进到里边去，
朝见伊散珠玛玛。

伊散珠玛玛降旨说道：
哪个姓氏的后生子？
我们扎斯胡里氏（的）萨满玛法
问询上前回禀道：
他是纳喇氏属龙的后生，
是我们挑选中的人。
今年已满十八岁，
选为萨满抄写神书，
挑中葛婴来推荐，
让他攀上金刀梯，
让他腾上银刀梯，
又将那十八卡伦，
——顺利通过，
引他来朝见您。

伊散珠玛玛下谕旨，
吩咐三位萨满道：

◀◁◀ 伊散珠玛玛与喜仁玛玛

"将他的年庚与姓名,
计入名册归入档。"
登记造册完毕后,
右手摩顶赐福他,
伊散珠玛玛又传谕:
"把他送回阳间去。"
于是他返回阳间。

jai yohi siren mama
第二部 喜仁玛玛

一

šayan alin　gaska gurgu
沙彦 阿林　鸟　兽
ilha orho hailan moo i wangga wangkiyambi
花　草　树　木 的 芬 芳　　闻 到
sibe bira nimaha
须卜比拉　鱼类
lashalakv　i baili amtašame
川流不息 的 恩 赐　饱 尝

　　沙彦阿林让鸟兽，
　　闻到了花草树木的芬芳。
　　须卜比拉让鱼类，
　　饱尝了川流不息的恩赐。

isanju hehe endure
伊散珠 女　神

·71·

◀◁◀ 伊散珠玛玛与喜仁玛玛

funtunle ba　　deimcin forimbi,
蛮　荒　中　依木沁鼓敲响
hoi！　sibe　　mafa
吙依！须卜　先祖
enduringge amba serebun gvwacihiyalambi
神　圣　巨大 感到　惊　异
emu hacin somishvn i husun
一　　种　神秘 的 力量
shuhun i shanggin alin yacin muke sujam ilimbi
广　袤　的　白　山　黑　水　撑　起

　　伊散珠女神，
　　在蛮荒中敲响依木沁鼓
　　吙依神勇的须卜先祖，
　　感到无比的神圣和巨大的惊异。
　　一种神秘的力量，
　　撑起这广袤的白山黑水。

abkai indahun　　aoindahun
天　　狗　　　奥音达浑
šhun jetere i tere emu aniya tuciha
食　日　的 那　一　年　出发
den šumin boljon akv i　tonggusi alin
高　深　莫　测 的　通古斯 山脉
husun entuhun amba i sibe niyalma
力　　　强　大 的 须卜　人
eshan gurgu i huhun jai senggi simimbi
猛　　兽 的 奶汁 和 血　喝着

· 72 ·

第二部　喜仁玛玛 ▶▷▶

eshan gurgu i yali　jembi
猛　　兽　的肉　吃着
eshan gurgu i sukv uetumbi
猛　　兽　的皮　穿着

　　天狗奥音达浑，
　　食日的那一年。
　　在高深莫测的通古斯山脉，
　　力大无比的须卜人，
　　喝着猛兽的奶汁和血，
　　吃着猛兽的肉，
　　穿着猛兽的皮。

nimanggani ilha aimaka
雪花　　　好　　比
gefehe　adali deyembi
蝴蝶　　一般　　飘飞
albasi sirdan adali kodome feksimbi
猎人飞箭　犹如　　驰　　骋
emu emu aligan alin iforon dabambi
一座　一座　山　巅　跨过
nimanggi bigan tala ninggu
雪　　　原　野　上
falga falga etehe ucun jilgan tucike
阵　阵　凯　歌　声　响起

　　雪花好比蝴蝶一般飘飞，
　　猎人就像飞箭一样驰骋；

· 73 ·

伊散珠玛玛与喜仁玛玛

跨过了一座又一座山巅，
雪原上响起阵阵凯歌声。

baturu fafuri mergen
勇　　敢　　机　智
ulguntai
吾尔衮太
enu ajige erinde juru niyaman ufarshambi
自　幼　时候　双亲　　失　去
umudujui burubumbi
孤　　儿　沦为

　　勇敢、机智的，
　　默尔根吾尔衮太，
　　自幼失去双亲，
　　沦为孤儿。

emu ajige erinde i aba kuwaran banjin
自　小　时候　猎　场　　生涯
tere be urebume tacibume baturu afasi oho
使　他　历　练　　为　猛　士
tere emu jalan sarakv
他　　一生　不知
udu tasha yacin lefu、yarha jafaha
多少老虎、黑　熊、豹子　捕抓

　　自小生存的猎场生涯，
　　使他历练为猛士。

第二部　喜仁玛玛

不知他一生，
捕抓过多少老虎、黑熊、豹子……

emhun emteli i aba weile
孤　　独　的　猎活
sulfangga ciahangga edun adali
风　像　自由　　自在
bujan mederi dobori indembi
林　海　夜　宿
nimanggi boo sahambi
雪　　　屋　　堆
mangga beri uju kirume
硬　　弓　头　枕着
tolgin dorgi de
睡　梦　中
abkai gersi fersi be alimbi
天　　明　　　等待

孤独的猎活，
像风一样自由自在；
夜宿林海，
堆雪为屋。
头枕着硬弓，
睡梦中等待天明。

cik seme
突然

◀◁◀ 伊散珠玛玛与喜仁玛玛

sakda abalasi
年迈　猎人，
emu yacin lefu nukcishun dasihimbi
一头　黑　熊　激烈　　搏斗
tere isucunam be mangga dangnambi
它　的　攻击　难以　抵挡

突然，
年迈的猎人，
与一头黑熊激烈搏斗，
难以抵挡它的攻击。

urguntai　hahi dorgi de mergen banjimbi
吾尔衮太　急　中　在　智　　生
jirgan sirdan be fancame gabtanbi
响　　箭　　怒　射
yacin lefu durgeme gelembi
黑　熊　威　慑
ehe　i yacin lefu i　fatha　elkimbi
凶猛的　黑　熊　的 熊掌　挥舞
urguntai　ci　aburam　jihe
吾尔衮太 向　猛扑　　过来

吾尔衮太急中生智，
怒射响箭威慑黑熊。
凶猛的黑熊挥舞熊掌，
向吾尔衮太猛扑过来。

· 76 ·

sunja　　taiha　fiheme genehe
五（只）逊牙哈　一拥　而上
yacin lefu torhome hantan siambi
黑　　熊　围着　猛烈　扑咬
urguntai solo be tuwame gabtambi
吾尔衮太　机　趁　射　出
talkiyan muru i menggun sirdan
闪　电　般　的 银　　箭

　　　　五只逊牙哈猎狗一拥而上，
　　　　围着黑熊猛烈扑咬。
　　　　吾尔衮太趁机射出，
　　　　闪电般的银箭。

lekseki jaka tucimbi
蠢笨的 家伙 发出
emu jirgan ehe oshon kaicambi
一　声　可怕 暴戾　嚎叫
alin　gese　beye
山　一样的躯体
kiyatar seme tuhem bucembi
轰　然　倒地　毙　命
urguntai　morin deri ebumbi
吾尔衮太 马　从　下
emu beye feye　sakda abalasi be
遍　体　鳞伤的 老　猎人 把
tebeliyembi
揽在 怀中

◀◁◀ 伊散珠玛玛与喜仁玛玛

蠢笨的家伙，
发出一声惨嚎，
山一样的躯体轰然倒地毙命。
吾尔衮太纵身下马，
将遍体鳞伤的老猎人揽在怀中。

yamjishvn šun fulgiyan icembi
夕　　阳　　红　　染
šayan alin i buru bara nimanggi bigan
沙彦 阿林的 茫　茫　雪　　原
emhun emteli urguntai morin fisa
孤　　独的 吾尔衮太 马　背
feyengge sakda abalasi ninggude riacime
受 伤的 老　猎人　　上　驮
emu bigan ulgiyan fiyakiyam erin de
一头 野　猪　　烤　熟 工　夫
faram geterakv sakda abalasi be
昏迷　不醒的 老　猎人 把
boo ci benembi
家　向　送回

夕阳染红了，
沙彦阿林的茫茫雪原。
孤独的吾尔衮太在马背上
驮着受伤的老猎人。
烤熟一头野猪的工夫，
把昏迷不醒的老猎人送回家里。

sargan arbun sabuha aburanambi
老伴　见　　状　　扑了过去
abkai songgome ba　durimbi
天　　哭　　地　　抢
sakda abalasi i sarganjui
老　猎人　的　女儿
halhun yasai muke gelerjembi
热　　眼　　泪　　满含
endure gege muruališam be iletulembi
仙　　女　一样 忧虑 把　透露
urguntai　i　yasa
吾尔衮太 的 眼睛
cibsin　sahanji　deri jai delhehakv
忧郁的 萨罕吉①从 再也 没离开

老伴见状扑了过去，
哭天抢地。
老猎人的女儿萨罕吉满含热泪，
透露出仙女一样的忧虑。
吾尔衮太的眼睛，
再也没离开忧郁的萨罕吉。

sakda hehe dahinga hvshame baimbi
老　妇人 再　　三　　恳求
urguntai　be　tesei aiman de werimbi
吾尔衮太 把 他们的 艾曼 在　留

---

① 萨罕吉：女孩儿。这里指人名，喜仁玛玛的母亲。

◀◁◀ 伊散珠玛玛与喜仁玛玛

sahanji　jai i uju saratama sasa sakdembi
萨罕吉 和他头　白　偕 老
aiman ejen　　lashatai ohakv gvninm
艾曼 额真①　不会　同意 想到
urguntai　i niyaman ulmen cokiha adali
吾尔衮太 的　心　　被　针扎 似的
narahucambi
恋恋不舍

　　老妇人再三恳求，
　　吾尔衮太留在他们的艾曼，
　　许诺让萨罕吉（女孩）和他白头到老。
　　想到艾曼额真不会同意他们结为伴侣，
　　吾尔衮太的心被针扎似的，
　　十步九回头恋恋不舍。

sakda abalasi emu boo amba ajige
老　猎人 一 家 老　小
abalam fekjilam banjimbi
狩猎　依靠　生活
feyen baha i oyonggo niyalma
伤　受　的 重要　人
emu inenggi nahan ninggu de dedumbi
整　天　　炕　上　在　躺
hafira　erin　shahvrun i adari
困窘的 日子 寒冷　像

---

① 艾曼额真：部落长。

· 80 ·

第二部 喜仁玛玛 ▶▷▶

　　老猎人一家老小，
　　依靠狩猎维持生计。
　　受伤的顶梁柱，
　　整天躺在炕上。
　　困窘的日子像寒冷的天气一样。

šayan alin tuwan i gashan ere emu aniya
沙彦 阿林 火灾的 那　　一　　年
abalara jaka arun durun singko akv
猎　物　　无　影　踪　无
ulguntai　abalara jaka acimbi
吾尔衮太　猎　　物　驮着
nimanggi de yaha benembi
雪　　　中　炭　　送
sakda abalasi emu boo
老　　猎人 一　　家
guniha ci tumgeyen urgunjembi
望　　外　　出　　喜
emu boo gurun yadehušaha de kirim
一　家　人　忍　饥　挨饿的
hafira inenngi be ukcmbi
困苦　　日子　摆脱

　　沙彦阿林引发火灾的那一年，
　　猎物无影无踪。
　　吾尔衮太驮着猎物，
　　雪中送炭。

· 81 ·

◀◁◀ 伊散珠玛玛与喜仁玛玛

   老猎人一家喜出望外，
   全家摆脱了忍饥挨饿的困苦日子。

sahanji ulguntai hailambi
萨罕吉 吾尔衮太 爱上了
sakda abalasi i feye gemu hvdun yebe oho
老 猎人 的 伤 也 很 快 痊愈
tere sahanji holbon i baita de
他 萨罕吉   的 婚事
aiman ejebe jai geri genembi baimbi
艾曼 额真再次 去 请求
ejenjai sibe aiman udu jalan niyalma
额真 与 须卜艾曼 几 代 人 的
kimun turgun de
仇怨 原因 的
ere holbon baita be ejen lashatai marambi
这门 婚 事 额真 断然 拒绝

   萨罕吉爱上了吾尔衮太，
   老猎人的伤也很快痊愈，
   他为女儿的婚事
   再次去请求艾曼额真恩准。
   额真因为与须卜艾曼有几代人的仇怨，
   这门婚事，
   遭到他的断然拒绝。

nimecuke yargiyashun
 无情的   现实 给

sakda abalasi uju de emu moo foribumbi
老　　猎人　当头一棒　被打
ulguntai　sahanji　be　tuwame
吾尔衮太 萨罕吉　把　看着
alim muteruku dushun akambi
不　　禁　　黯然 神伤

　　无情的现实，
　　给老猎人当头一棒！
　　吾尔衮太看着萨罕吉姑娘，
　　不禁黯然神伤。

akjan akjambi talkiyan talkiyambi
雷　　鸣　　电　　闪
tere inenggi dobori
那　一天　　晚上
ulguntai jai　sahanji
吾尔衮太 和 萨罕吉
aiman　ejen i abkai kooli jurcembi
艾曼　额真的 天　条　违背
abka na ama eme de niyakunm
天　地 父　母　跪　拜
eigen sargan ombi
伉　　俪　　结为

　　雷电交加的
　　那一天晚上，
　　吾尔衮太和萨罕吉，

◀◁◀ 伊敽珠玛玛与喜仁玛玛

违背艾曼额真的天条。
跪拜天地父母
结为伉俪。

harkan enduri morin yalunmbi
哈尔堪　神　马　骑　上
giranggi yalise narahucam fakcame jenderaku
骨肉　亲戚们 依依　　惜　别
buru bara tonggus den ala de aku oho
苍　茫　通古斯高　原在消　失
niyalma akv i　sibe bira i　da
人　迹 罕 至 的 须卜河　的 源头
ulguntai　jai　sahanji
吾尔衮太 和　萨罕吉
jancunun beyecun be alimbi
甜蜜 爱　情　把享受

骑上哈尔堪神马
与亲人们依依惜别，
消失在苍茫的通古斯高原。
人迹罕至的须卜河的源头，
吾尔衮太和萨罕吉，
尽情享受爱情的甜蜜。

二

alin　den muku golmin
山　高 水　长

第二部　喜仁玛玛

šayan alin hefeli bana
沙彦 阿林 腹　　地
ihan　　　　tuwaeldenembi
忽明忽暗的　　篝火
golmin dobori latumbi
长　　夜　　点 燃
ulguntai ajige ju anggala
吾尔衮太 小 两　口
cecike gurgui adaki boo
鸟　　兽　以 邻 居
tolgin　murui　elhe banjimbi
梦 幻 般 的　安 享 生 活

　　山高水长的
　　沙彦阿林腹地，
　　忽明忽暗的篝火
　　点燃长夜。
　　吾尔衮太小两口
　　以鸟兽为邻，
　　安享梦幻般的生活。

isanju　 hehe enduritese be　danambi
伊散珠　女神　他们　把　呵护
fecale baha sahanji
身　　孕　萨罕吉
buhv adun orho niyanggum jirgan dorgin de
鹿　群 草　嚼　　声　响 中

・ 85 ・

◀◁◀ 伊散珠玛玛与喜仁玛玛

hacingga gurgu sukui manggan ifin
各类　兽　皮的 褡　裸缝制

全凭伊散珠女神呵护他们。
怀着身孕的萨罕吉
在鹿群嚼草的
声响中，
缝制各类兽皮的褡裸。

ulguntai　boo　i　dorgi de
吾尔衮太 毡帐 的　中　在
jilgan sandam hvwacarambi
声音　　放开　打 鼾
feye dorgi cecike golome deyembi
巢　中　鸟　惊　飞
šahvrun edun boo ci fur seme dosimbi
冷　风 毡帐 轻　轻　袭进
dakvla hehe edun daham wangkiyambi
孕　妇　随　风　嗅到
eshan gurgu i　jergi jaci wa
猛　兽　的 异常 气　味

吾尔衮太在毡帐中
打鼾的声音，
惊飞巢中的鸟。
一股冷风
轻轻袭进毡帐。
孕妇随风嗅到
猛兽的异常气味。

· 86 ·

第二部　喜仁玛玛　▶▷▶

emu tasha cik seme
一只 老虎　突 然
boo i faderi ošoho saniyambi
毡帐的窗口从　爪子　伸进
sahanji bekte bakta kaica jilgan
萨罕吉 惊慌失措的 尖叫 声
tolgin dorgi i haha golom getembi
梦　里　的男人 惊　醒

　　一只老虎突然
　　从毡帐的窗口伸进爪子。
　　萨罕吉惊慌失措的尖叫声
　　惊醒梦里的男人。

ulguntai fekudeme ilimbi
吾尔衮太　一跃　而起
amga yasa neifi
睡　眼　睁开
tasha jergi ošoho senggi sabdeme eyembi
老虎的 前　爪　鲜　血　淋漓
tasha yasai muke emu cira
老虎 泪　流　满　面
gosiholome baihanan i yasa
哀　　　求　的眼神
ulguntai be tuwambi
吾尔衮太　望着

· 87 ·

◀◁◀ 伊散珠玛玛与喜仁玛玛

吾尔衮太一跃而起,
睁开惺忪的睡眼,
看见老虎的前爪鲜血淋漓!
老虎泪流满面,
以哀求的眼神望着吾尔衮太。

ere oci emu eye de tuheke tasha
这 是 一只陷阱 的 落入 老虎
ošoho ninggu moo cokimbi
爪子 上尖利的木签 扎进
niyaman dorgi de gosihon jilakan debembi
心   里头   悲 怜   涌上
ulguntai   golmin gida be sindambi
吾尔衮太 长 矛 把 放下
tere ekshekv tasha jurgede dube i moo gaimbi
他 不慌不忙 老虎 靠前 尖 的 木签 拔取
tasha abka ci oncohun tuwam golmin   kaicambi
老虎 天 向 仰   望   长   啸
emu alaku de emu mudan uju marim tuawmbi
一   步   一 回 头   地 看
baru bara yacin dobori burbumbi
茫   茫 黑   夜   消失

这是一只落入陷阱的老虎,
爪子上扎进尖利的木签。
一股悲怜的情绪涌上心头,
吾尔衮太放下长矛,
他不慌不忙靠前为老虎拔取木签。

第二部 喜仁玛玛 ▶▷▶

老虎仰天长啸一声，
一步一回头地消失在茫茫黑夜。

aga duleha abkai galaka
雨　过　天　　晴
emu boconggo nioron
一道　彩　　虹
sibe bira hetu aktalambi
须卜河　横　　跨
sahanji　banjiha
萨罕吉 分娩了
emu muheliyan biya
一轮　圆　　月
boo ininggu abka de lakiyambi
毡帐的 上　天空　　挂
aimaka isanju　mafa
好比　伊散珠 祖先
ice beye be karame tuwambi
新的生命　　探　　视

雨过天晴，
一道彩虹，
横跨须卜河；
萨罕吉分娩了。
一轮圆月，
挂在毡帐的上空，
好比伊散珠祖先
在探视新的生命。

· 89 ·

◀◁◀ 伊散珠玛玛与喜仁玛玛

boo i ihan tuwa dalba de
毡帐 的 篝 火 旁 在
ulguntai dunbur be fithembi
吾尔衮太 敦布尔 把 弹 起
yacin na be uculembi
雅琪纳 唱
eigen sargan ice banjiha
夫 妻 为 新生的
fulgiyanjui gembu siren
女婴 取名"喜仁"

　　毡帐的篝火旁，
　　吾尔衮太弹起心爱的敦布尔
　　唱起《雅琪纳》。
　　小夫妻为新生的
　　女婴取名叫"喜仁"。

eme duri dalba de
母亲摇篮 旁 在
ajige jilgan baburi gingsimbi
轻 声 巴布哩 哼唱
ajige siren niman soku sishe ninggu de
小 喜仁 山 羊 皮 褥 上
amtangga amgambi
香 甜 睡着
saksaha inenggi dobori uculembi
喜鹊 日 夜 鸣 唱

· 90 ·

第二部 喜仁玛玛 ▶▷▶

tere hvturi sabinngga baimbi
她　祝福　吉祥　寻求

母亲在摇篮旁，
轻声哼唱《巴布哩》。
小喜仁在山羊皮褥上，
香甜地睡着了。
喜鹊日夜鸣唱，
为她祝福引来吉祥。

garan fisin abdaha luku i jakdan hailan
枝　繁　叶　茂的松　树
hoo seme edun de fulgiyem tuhmbi
狂　　风　被　吹　倒
tere inenggi
那　一天
ama abalame yabumbi
父亲　出　　猎
siong nu aiman i alin hulha
匈　奴 部 落 的 山 贼们
uce de baima jiha
门 把　找 上 来

枝繁叶茂的松树，
也有被狂风吹袭的时候。
那一天，
父亲出猎。
匈奴部落的山贼们，

· 91 ·

◀◁◀ 伊散珠玛玛与喜仁玛玛

　　　找上门来。

ere inenggi
这一天，
siren emetala be sogi tunggiyembi
喜仁 母亲野菜　采　　撷
alin hulha　jui i songgo jilgan donjiha
山　贼　婴孩的 啼哭　声 听见
jafu boode cun cun latunjimbi
毡　帐　步 步　逼 近

　　　这一天，
　　　喜仁母亲采撷野菜，
　　　山贼们听见婴孩的啼哭声，
　　　步步逼近毡帐。

tesu aniya feye baham tasha
当　　年 伤　受 老虎
jim jugun be dangnambi
来路　　挡　　　住
alin hulha emke emke
山　贼们　个　　个
hahi cahi ukame sujumbi
仓　皇　奔　　逃

　　　当年受伤的老虎
　　　挡住来路。
　　　山贼们个个吓得

· 92 ·

仓皇奔逃。

tasha siren suwaliyame duri be
老虎 喜仁　连　同 摇篮 把
angga dorgi ašumbi
嘴　 里 　叼在
sumin alin bujan dunggu ci bederembi
深　 山　 老林的 洞穴　 回到
huhun ulebum ujimbi
奶　　喂　　抚养
tasha jusa urgunjembi
虎　 崽们　乐　得
siren be dahame emu inenggi efimbi
喜 仁　带着　　整　天　 玩耍

　　　老虎把喜仁连同摇篮
　　　叼在嘴里，
　　　回到深山老林的洞穴
　　　喂奶抚养。
　　　虎崽们乐得
　　　带着喜仁整天玩耍。

šayan alin oci
沙彦 阿林 是
siren sarganjui hvwašam　duri
喜仁 姑娘 成长的　摇篮
siren waliyabum amari
喜仁 失踪　后

· 93 ·

◀◁◀ 伊散珠玛玛与喜仁玛玛

tasha siren jalan duka tuwakiyam ualbun
老虎 喜仁 为 门 守 传闻
ba bade ulambi
到 处 流传

沙彦阿林是
喜仁姑娘成长的摇篮。
喜仁失踪后，
到处流传老虎为喜仁守门的传闻。

urguntai　　ju anggala lashalam toitobumbi
吾尔衮太　　两 口 　　断　　　定
siren be tasha emgeri jeke
喜仁 被 老虎 已 经 吃掉
emu inenggi yasai muke i cila obumbi
整　天　　 眼　 泪以面　 洗
ulguntai　　tasha be korsombi
吾尔衮太 老 虎 把 怨恨
ereci tasha　　be cohotoi tandame deribumbi
从此 老虎 把　 专 打 开始

吾尔衮太两口断定
喜仁已经被老虎吃掉；
整天以泪洗面，痛不欲生。
吾尔衮太怨恨老虎，
从此开始专打老虎。

emu inenggi tere abala jugun de serembi
有　一天　　他在 打猎　途中 发现
emu saganjui ajige tasha ifimbi
一位女　孩 跟 崽 虎　玩耍
tere morin tandam genehe
他　　马　打　　上前
juibe emu gala jafambi
孩子将 一　手　抓起

　　有一天，
　　他在打猎途中发现一位女孩跟虎崽玩耍。
　　他打马上前，
　　一把抓起孩子飞马奔去。

emu　lefu be solm　erin de
一只 黑熊把 烤熟 工夫　的
ulguntai　boo ci feksim bederembi
吾尔衮太 毡帐朝　　跑　　　回
sahanji　emu jui be tebeliyem haha be
萨罕吉　男人 一个　小孩　　抱着
alkvn dosim sabumbi
跨　　进　　看见
išame ishun acame geneme
连 忙　迎　　上　　去
juisamha　be baicam tuwambi
孩子胎记　把　查　　看
abkai yala oci beye
天哪果然 是 自己

· 95 ·

◀◁◀ 伊散珠玛玛与喜仁玛玛

labdu aniya waliyabum ajige siren
多　　年　失踪的小喜仁

烤熟一只熊的工夫，
吾尔衮太跑回毡帐。
萨罕吉看见男人
抱着一个小孩跨进门槛。
连忙迎上去，
查看孩子后脖颈儿的胎记，
天哪！
果然是自己失踪多年的小喜仁！

sahanji emu falan balamadame urgunjembi,
萨罕吉一　阵　　狂　　　喜
jui be ceceršeme tebeliyembi
孩子把　紧紧　　抱着
isanju　mafa beye　sarganjui
伊散珠 玛玛 自己的 女儿
inu wakajendu haršambi
是　否暗中庇护

萨罕吉一阵狂喜，
紧紧抱着孩子热泪纵横。
伊散珠女神是否暗中
庇护着自己的女儿?!

jafu boo dorgi de tolgi
毡　帐里的梦

第二部　喜仁玛玛

aimaka deye tugi adari
像　　飘逸云朵 一样
julgi sibe bira
古老的须卜 河
šanyan alin šumin holo de
沙彦 阿林　深　谷
da an i eyembi
依旧　 奔流
emu saikan sarganjui
一位 美丽的 姑娘
tere julen ulabum deribumbi
她　 故事　流传　 开始

  毡帐里的梦，
  像飘逸的云朵起起伏伏。
  古老的须卜河，
  依旧奔流在沙彦阿林深谷。
  一位美丽的姑娘，
  她的传奇故事开始流传。

siren šu hudun huašame
喜仁　 很 快　长成
mergen ulhisu i colgoroko saikan gege
聪颖 敏睿 的　绝　　代 美女
tere fiyangga ilha sabuha
她　美得　鲜花 见了
gelhun aku uju tukiyem tuwambi
不　　敢 头　抬　　看

伊散珠玛玛与喜仁玛玛

cecike sabuha　asha　forim onggombi
鸟雀　见了　翅膀　拍打　忘记
nimaha sabuha elbišem　onggombi
鱼儿　见了　游水　忘记
biya sabuha cira gemu duksembi
月亮 见了 脸儿　都　涨　红

　　喜仁很快长成
　　聪颖敏睿的绝代美女。
　　她美得鲜花见了不敢抬头，
　　鸟雀见了忘记拍打翅膀，
　　鱼儿见了忘记游水，
　　月亮见了脸儿涨红。

abkai fejerg i baturu
天　　下　的 巴图鲁①
tere emu jalan gemu gucu arambi
她　一　生　都　朋友　做
gulde tolgi　dorgi de
常　梦境　里　在
niyaman be tere ušambi
心　　被 她 牵 走
siren aiman coha enduli hvsun
喜仁 艾曼　兵　　神　力

---

① 巴图鲁：勇士，英雄。

ilan　　holhun　　jafambi
三个 霍尔浑①　　制服
uheri niyalma tasha huhun omim huwašaha
众　　人　虎　奶　吃着　成长
jalande aku enduri hehe i
绝　　世　神　女　的
arbun dursun ulhimbi
风　　采 领　略了

　　天下的巴图鲁都想伴她一生，
　　常在梦境里心被她牵走。
　　喜仁率领艾曼朝哈，
　　以神力制服三个霍尔浑。
　　众人领略了吃虎奶成长起来的
　　绝世神女的风采。

三

šiwei niyalma boho be amcam
室韦　人　鹿　把　追
nen ura de isinami
嫩　江　追到
ere ba alin bira arbungga
这 里 山　川　明　秀
gasha gurgu mergen
鸟　　兽　活跃

---

① 霍尔浑：围子。

◀◁◀ 伊散珠玛玛与喜仁玛玛

nimaha meyan boljon dabamebi
鱼　群　浪　翻
ere ba udun aga mayan sain
这　里 风 雨　调　顺
muke orho jalun sain
水　草 丰 美
ere ba alin sulhe jalu
这 里 山 果　累累
tala sogi wangga　derkišembi
野 菜 香　　飘
hailan moo fusin
树　　木 繁 茂

　　室韦人追鹿
　　追到了嫩江。
　　这里山川明秀，
　　鸟兽活跃，
　　鱼群翻浪；
　　这里风调雨顺，
　　水草丰美；
　　这里山果累累，
　　野菜飘香，
　　树木繁茂。

tere nomhun sain mergen abkai enduri adari
她　善　良　聪　慧 天　仙　貌似

· 100 ·

šun erden emu jurhun tere jalin de saniyambi
阳 光 一 寸寸 她 为 地 延伸
tere halhun ele mila
她 热情 大 方
tasha feye dorgi cohonggo dulenun
虎 穴 里 非凡 经历
niyalma be cib seme kundulembi
人 令肃然 起 敬

  她善良聪慧，貌似天仙，
  阳光一寸寸地为她延伸。
  她热情大方，
  虎穴里的非凡经历令人肃然起敬。

šiwei haha hehe siden buyecun gisurembi
室韦 男女 之间 爱情 谈
waka gisun i buyecun be alambi
并非 言 以 情 传
jalu alin jalu tala i alin šulhe
满山 遍 野的 山 果
teile aku oci jefeliyen
不 仅 是食 物
geli asita buyecun jaka danglambi
而且被 阿西塔①传情物 当作

  室韦人男女之间谈情说爱，

---

① 阿西塔：青年。

◀◁◀ 伊散珠玛玛与喜仁玛玛

并非以言传情。
满山遍野的野山果，
不仅是享用的食物，
而且被阿西塔当作传情示爱的象征物。

col bira ekcin de
绰尔比拉①岸边 在
sarganjuisa tala sogi megu be obumbi
姑娘们 野菜 蘑菇 把 洗
alin ucun ucungga
山 歌 唱着
sarganjui bulcin i buyecun baimbi
少女 纯洁的 爱情 寻找

绰尔比拉岸边，
洗野菜野蘑菇的姑娘们，
唱着山歌，
寻找少女纯洁的爱情。

asitasa abala bederembi
阿西塔们打猎 归 来
bira be oldome jihe
河 把 蹚 过来
beye keksengge gege de
给自己 中意的姑娘
alin šulhe maktabumbi
山 果 抛出

---

① 绰尔比拉：绰尔河。

第二部 喜仁玛玛

打猎归来的阿西塔们，
蹚河过来。
给自己中意的姑娘，
抛出野山果。

sarganjuise dere ishun
姑 娘 们　　面　对
nukcishun arbusam hersem aku
鲁　　莽　举 动　不理不睬
asita hayame halgimbi
阿西塔　纠缠　不休
siren dere ishun doro akv i　asitasa
喜 仁 面　对　礼　无 的阿西塔们
abu jilgan wakalambi
大　声　　　斥责
suwe ainu etuhušembi
你们 为何　　逞强？
bengse bici minmaka den fiangkala ilhame
能 耐　有 能否与我 交手一比 高　低

姑娘们面对
鲁莽的举动不理不睬。
阿西塔纠缠不休，
喜仁面对阿西塔们的无礼
大声斥责：
"你们强人所难逞何威风！
有能耐能否与我交手一比高低？"

· 103 ·

◀◁◀ 伊散珠玛玛与喜仁玛玛

asitasa　ere sarganjui sabuha
阿西塔们这个 姑娘　看到
erengga langgasa gisun tuciha
如此　　脏　话　说出
ajige sanji　suku yali yocaha
小　散吉①皮 肉　痒痒了
ju ju ju！agu si de wasambuki
来来来 阿古②为你挠一挠
tese tala šulhe be
他们 野 果　把
siren　ci maktambi
喜仁 向 抛个不停

　　阿西塔们看到这个唇黄未脱的姑娘
　　如此出言不逊忍不住还以脏话：
　　"小散吉，是不是皮肉痒痒了？
　　来来来！让阿古为你挠一挠！"
　　他们把野山果，
　　向喜仁抛个不停。

siren sarganjui emu aksun tasha alin ubumbi
喜仁 姑娘　一个 猛　虎　山　下
asihan i　asita
年轻 的　阿西塔

---

① 散吉：小女孩儿。
② 阿古：哥哥。

第二部 喜仁玛玛

aimaka emu baihuwa hailan adali
像　一棵白桦　树　　一样
colhe bira dorgi ci tuhembi
绰尔　河　里　向　瘫倒
sarganjui siren be sa torgimbi
姑娘们喜仁把围　着
alin cecike adari urgume kaicambi
山　雀　　像　欢　　叫
siren gebu ereci
喜仁的英名 从此
alin udun adari aiman de dambi
山　风　一样 艾曼把 刮遍

　　喜仁姑娘一个猛虎下山，
　　年轻的阿西塔，
　　像一棵被伐倒的白桦树
　　瘫倒在绰尔河里。
　　姑娘们围着喜仁，
　　像欢叫的山雀。
　　喜仁的英名从此，
　　像山风一样刮遍艾曼。

四

akjan talkiyan darim tantambi
雷　　电　　击　　打

· 105 ·

◀◁◀ 伊散珠玛玛与喜仁玛玛

fulan morin i tere aniya
富兰 莫林①的 那 一年
nvjen niyalma siwe niyalma
女真 人 锡沃 人
abala siden de dosimbi
狩猎 空 子 钻了
tese niohe meyan adari banabe ejelembi
他们 狼 像 群 地盘 独占

  雷电击打，
  富兰莫林的那一年，
  女真人钻了锡沃人
  外出狩猎的空子，
  他们像狼群一样独占地盘。

ulguntai loho jafaha morin ilanbi
吾尔衮太 刀 横 马 立
šayan alin oci isanju hehe i ama
沙彦 阿林是 伊散珠 女神 的 父亲
colbira oci isanju hehe i sarganjui
绰尔比拉是 伊散珠女神的 女儿
suo morin usuli bira ci bedereve
你们 马 乌苏里江 向 调 转

  吾尔衮太横刀立马：
  "沙彦阿林是伊散珠女神的父亲，

---

① 富兰莫林：白马。

· 106 ·

绰尔比拉是伊散珠女神的女儿,
你们还是调转马头回到乌苏里江!"

nvjen niyalma morin meyan adari bireme dosiha
女 真 人 马群 像 冲 过来
siren morin forime tafanambi
喜仁 马 拍 而上
arbun murube amasi maribumbi
局 势 挽 回
beye ehe bade bihe i ama ulguntai
身 险境 处的父亲 吾尔衮太
gidabum be foršom eten obumbi
败 转 胜 为
šiwei aiman tuksicuke be foršom elhe obumbi
室韦艾曼 危 转 安 为

女真人像马群一样冲过来,
喜仁拍马而上,
力挽狂澜。
身处险境的吾尔衮太,
转败为胜。
室韦艾曼转危为安。

ere afan colgoroka i siren sarganjui
这 一仗 使超凡的 喜仁 姑娘
horonggo gebu golo ulambi
神 威 声名远 播

◀◁◀ 伊散珠玛玛与喜仁玛玛

ere afa nvjen niyalma jai siwo niyalma
这 一仗使女真人　 与锡沃　人
kalka gida be gu suce ci obumbi
干　 戈 把玉　帛　 化为
jalan jalan huwynaliasu hebengge
世 世 代 代 团　 结　　 和 睦

　　这一仗使超凡的喜仁姑娘
　　大显神威，声名远播。
　　这一仗使女真人与锡沃人，
　　化干戈为玉帛，世代团结和睦。

cidanjai guwa aiman make holbombi
契丹和 其他艾曼　 结成　 联盟
siwo niyalma toktobung dailame dahabumbi
锡沃　 人　 决　　 定　　征服
siwo aiman da siren boo de
锡沃　艾曼 达 喜仁家
afame genehesembi
征　 出　　说

　　契丹和其他艾曼结成联盟，
　　决定征服锡沃艾曼。
　　锡沃艾曼达亲临喜仁家
　　要求出征。

siren sarganjui　 ama　ulguntai　sabuha
喜仁 姑　娘　 父亲 吾尔衮太 看见

nahan deri ebume muterakv
炕　　　　下　　　难
coha be dahame ama oron de afam genm sembi
兵　　领　　父　替　　出　　征
aiman da jai siren ama eme jenderakv
艾曼 达 和 喜仁 父　母　不忍心
emu juan duin se sarganjui
一个 十　四　岁　姑娘
ama oron afam genmbi
父　替　　征　出

　　喜仁姑娘看见父亲吾尔衮太
　　重伤在身难以下炕，
　　请求领兵替父出征。
　　艾曼达和喜仁父母怎能忍心，
　　让一个不满十四岁的姑娘替父出征。

mergen baturu i siren
智　　勇　　的 喜仁
hoo hio seme gisunrembi
慷　慨　陈　　词
ehe i tasha min be elebume hvwashabumbi
"凶猛 的 老虎 我 把　喂育　　成长
muse siwo niyalma jalan gidashaburakv
咱　锡沃　人　为　不受欺凌
isanjui hehe muse aisimbi
伊散珠 女神 咱　保佑

· 109 ·

◀◁◀ 伊散珠玛玛与喜仁玛玛

siwo niyalma etenggi jalan
锡沃人　　强盛　为
dolo halukan，aiman eje
放下心吧，艾曼 额真
isanju　hehe min be kalmbi
伊散珠 女神 我 把 呵护
šayan funiyehe bana　eje
白　　发　　巴纳 额真①
min be jendu butu haršambi
我把 在暗　中庇护
mini tasha enduri mama　min de hushun bumbi
我的 虎　　神　妈妈 我 千钧之力　给
hailkan min　benjihe enduri morin deri tuhekv
海尔堪 我　送给　神　马 不会 摔下
bi hing seme akdambi
我 坚　　信
ere jugun de jergilem niyalma akv
这　一路　匹敌　　人　无

　　智勇双全的喜仁慷慨陈词：
　　"凶猛的老虎喂育我成长，
　　为让咱锡沃人不受他人欺凌。
　　伊散珠女神保佑咱，
　　为的是让锡沃人强盛起来。
　　放下心吧，艾曼额真！
　　伊散珠女神会时时呵护我，

----

① 巴纳额真：土地神。

> 白发巴纳额真也会在暗中庇护我,
> 养我的虎神妈妈给我千钧之力,
> 哈尔堪送给我的神马不会摔下我,
> 我坚信这一路无人匹敌!"

sibe niyama ma alin ucun
锡沃　人　粗犷山　歌
abukai tugi de urandambi
云　　霄　在　响彻
kaicam jiergan fondolombi
喊 杀　声　穿　透
šayan alin i golmin dobori
沙彦 阿林的 长　　夜
afan abala adari
战争 像围猎 一样

　　锡沃人粗犷的山歌声
　　响彻云霄。
　　喊杀声穿透沙彦阿林的漫漫长夜,
　　战争像围猎一样。

五

siren　xiwo niyalma
喜仁　锡沃　人
aitubuha jilgan gebu saksahailimbi
拯　救　声　名　鹊　　起
terei afara gung sain erdemu
其　战　　功　美　德

◀◁◀ 伊散珠玛玛与喜仁玛玛

isanju saman acinggiyabumbi
伊散珠萨满　　感　动

喜仁拯救锡沃人，
声名鹊起。
其战功美德，
感动了伊散珠萨满。

dergi bederem jugvn de
东　归　路　上
siren kuren nialma morin de
喜仁大队　人　　马 在
šumin alin fe bujan jugvn de fambumbi
深山　老林　路　了 在　迷
siren isanju endure baimbi
喜仁 伊散珠 神　请　求
ilan　biya jai sabingga ferguwecun gurgu
三个 月亮 和 吉祥的　　瑞　　兽

东归路上
喜仁大队人马，
在深山老林迷了路。
喜仁向伊散珠神请求了
三个月亮和吉祥的瑞兽。

biya　elden ieldem fejire
月　光　的　照耀　下

· 112 ·

第二部 喜仁玛玛

ferguwecun gurgu i yarhvdara fejergi
瑞　兽　的　引领　下
siren baksan meyen deri lakcaha arbun de
喜仁　队伍　从　绝　境　中
elhe haksan ci ukcambi
安然　脱　险

　　在月光的照耀下，
　　在瑞兽的引领下，
　　喜仁队伍从绝境中
　　安然脱险。

ao indahvn šun jem tere inenggi
奥　音达浑①日　食那　天
siren i nialma morin
喜仁的　人　马
hvr hvr seme yendebum
熊　熊　燃　烧
bujan amba tuwa i dorgi lohobumbi
森林大　火　之　中　困住

　　在奥音达浑食日的一天，
　　喜仁的人马，
　　被困在熊熊燃烧的
　　森林大火之中。

---

① 奥音达浑，指天狗。

· 113 ·

◀◁◀ 伊散珠玛玛与喜仁玛玛

siren geli deri isanju saman
喜仁又   向 伊散珠 萨满
uyun boconggo nioron doohan baihe
九个彩   虹 桥   请求
anahvnjan uyun tanggu uyun ju uyun aji jui
让   九 百   九 十 九个小 孩
uyun boconggo nioron doohan fuhembi
九个   彩   虹   桥   踏上

  喜仁又向伊散珠萨满
  请求了九个彩虹桥，
  让九百九十九个小孩
  踏上了九个彩虹桥。

deserepi deserepi jugvn
漫   漫   路途
tasha niohe dosim tucimbi
虎   狼   进   出
uyun tanggu uyunju uyun jui jalin
九   百   九十九名 孩童为了
gunin de teburkv yabume waliyambi
一 不 留 神   走   丢
tere emu golmin futa make
她 一条 长   绳 用
tesei galai mayan huwaitambi
他们的 手 胳膊   拴 好

  漫漫路途虎狼出没，

第二部　喜仁玛玛

　　为了不让九百九十九名孩童
　　一不留神走丢，
　　她用一条长绳拴好了他们的胳膊。

uyun tanggu uyunju uyun aji jui
九　　百　　九十九个小孩
alin dabam dabagan dulembi
山　　翻　　岭　　越
dubentele emu komso akv i
终　于　一个　少　不的
amba alin šumin bujan tuqimbi
大　山　深林　　走出

　　九百九十九个小孩，
　　翻山越岭；
　　终于一个不少的
　　走出大山深林。

šun injere qira tuyembumbi
太阳笑　　脸　　　露出
juse dasu bengneli feksime jimbi
孩　儿们　突然　跑过　来
siren i qira julergi niyakvrambi
喜仁的　面　　前　　跪
encu angga emu jilgan kaiciambi
异　　口　同　声　喊道
siren mama
喜仁玛玛

115

◀◁◀ 伊散珠玛玛与喜仁玛玛

太阳露出了笑脸，
孩儿们突然跑过来
跪在喜仁的面前，
异口同声喊道：
"喜仁妈妈！"

siren juwe irun halhvn yasa muke
喜仁 两 行 热 眼 泪
eicibe ojorakv yasa hvntahan durim tucimbi
不 禁 眼 眶 夺 而出
buyeningge juse
心爱的 孩子们
bi oci suwe i eme
我 就是你们的 妈妈
suwe i eme emgeri jalan de akv
你们的 母亲已经 世 在 不

喜仁两行热泪
不禁夺眶而出：
"心爱的孩子们，
我就是你们的妈妈！
因为你们的母亲已经不在世了。"

ereci amala
从此 以后
xibe niyalma siren mama be
锡沃 人 喜仁 妈妈 把

第二部　喜仁玛玛

jalan jalan ejembi
世　代　牢记
abka na baita ejere futa be
天　地　事　记绳　把
siren mama sembi
喜 仁 玛玛 开始叫
tere be dergi boo dorgi
她 把 西 屋 内
dergi amargi ci wargi julergi
西　北　向 东　南
hoso de lakiyame
角　在　挂
inenggi dari dobombi
天　　天　供奉

　　从此以后，
　　锡沃人世代牢记喜仁妈妈，
　　把结绳记事的天地之绳，
　　开始叫喜仁玛玛。
　　把她挂在西屋内，
　　西北至东南角天天供奉。

banjihangge emu jui
生　　　个 男孩
siren mama beye ninggude
喜仁 玛玛 身　上
aji　beri sirdan lakiyambi
小　弓 箭　　挂

伊散珠玛玛与喜仁玛玛

banjihangge emu sarganjui
生　　　　个　　女孩
siren　mama beye ninggude
喜仁　玛玛身　　　上
fulgiyan boso lakiyambi
红　　布条　　挂
banjihangge jaici jui
生　　　　次　子
siren mama beye ninggude
喜仁 玛玛　身　　上
gulha lakiyambi
靴　子　　挂

　　生个男孩，
　　在喜仁玛玛身上挂小弓箭；
　　生个女孩，
　　在喜仁玛玛身上挂红布条；
　　生个次子，
　　在喜仁玛玛身上挂靴子。

geli banjihangge sarganjui
又　生　　　　女孩
siren mama beye ninggude
喜仁 玛玛　身　　上
duri　lakiyambi
摇篮　　挂
banjihangge ilaci jui
生　　　　三　子

第二部 喜仁玛玛

siren　mama beye ninggude
喜仁 玛玛　身　　上
fergetun lakiyambi
费尔格屯　　挂
geli banjihangge sarganjui
再　　生　　　女孩
siren mama beye ninggude
喜 仁 玛玛 身　　　上
cilak lakiyambi
水桶　　　挂

又生女孩，
在喜仁玛玛身上挂摇篮；
生个三子，
在喜仁玛玛身上挂费尔格屯；
再生女孩，
在喜仁玛玛身上挂水桶。

emu jalan dulehe
一　辈　过了
siren mama beye ninggude garšku lakiyambi
喜 仁 玛玛 身　　　上　嘎拉哈　挂
jalu tebume bederembi
满　　载　　而归
siren mama beye ninggude da jiha lakiyambi
喜仁玛玛 身　　上　铜 币　挂
amba aniya gusin de siren mama lakiyambi
大　　年　三十　喜 仁 玛玛　挂

niyakvram henggileme sabingga iletubi
跪　　　拜　　　吉祥　显
siren mama i elden uldenm fejergi
喜仁玛玛 的 光辉　照耀　下
sibe aiman non ula jai songari ula
锡沃 艾曼　嫩江　和 松花　江
juwe ekcin de fuseme banjimbi
两　岸 在 繁衍　生　息

> 过了一辈，
> 在喜仁玛玛身上挂嘎拉哈；
> 满载而归，
> 在喜仁玛玛身上挂铜币。
> 大年三十挂喜仁玛玛，
> 跪拜磕头显灵吉祥。
> 在喜仁玛玛的光辉照耀下
> 锡沃艾曼在嫩江和松花江两岸，
> 繁衍生息。

六

monggo monggo den bigande dokdohobi
蒙古　蒙 古 高　原 在　崛起
ciengjishan jai deo hasal
成吉思汗 二　弟 哈萨尔
kelcin minggan cooha tumen morin
科尔沁　千　军　万　马

dahabum julergi ci ebumbi
率 领 南 向 下
siwo aiman kelcin monggo de kadalambi
锡沃 艾 曼 科尔沁 蒙古 被 管辖
siwo niyalma songkoi butha geli jeku tarimbi
锡沃 人 照样 渔猎 又 庄稼 种
niyujen gisun labduningge gaiha
女 真 语 大 量 吸收
siwo gisun baitalambi
锡沃 语 使用
siwo monggo gisun be baitalam deribuhe
锡沃 蒙 古 语 把 运用 开始

蒙古在蒙古高原崛起，
成吉思汗的二弟哈萨尔
率领科尔沁千军万马南下，
锡沃艾曼归科尔沁蒙古管辖。
锡沃人照样渔猎又种庄稼，
除了使用吸收大量女真语的锡沃语，
锡沃人开始运用蒙古语。

dung bei amba na de
东 北 大 地 在
jianjeo niyujen dokdohobi
建 州 女 真 崛起
sibe nialma uyun aiman dailan de dosimbi
锡伯 人 九 部 之 战 卷进

◀◁◀ 伊散珠玛玛与喜仁玛玛

elhe taifin gūsin ilan aniya
康　　熙 三十三　年
kelqin sibe aiman be manjeo gungneme bumbi
科尔沁 锡伯 艾曼 将 满洲　进　　献
sibe juwe tanggu aniya cooha banjin deribumbi
锡伯 二　　百　年 军人 生涯 开始

在东北大地，
建州女真崛起，
锡伯人卷进九部之战。
康熙三十三年，
科尔沁将锡伯艾曼进献满洲。
锡伯人开始二百年的军旅生涯。

cooha　ofi
军人　作为
sibe neneme amala mergen cicihal
锡伯 先　　后　　墨尔根 齐齐哈尔
boduna　jai jilin　ula　de dosimbi
伯都纳 和 吉林 乌拉 向 进驻
cooha　ofi
军人　作为，
sibe neneme amala mukden hoton gemun hoten
锡伯　先 后　　　盛　京　京　师
jai šandung dejeo baru julergi gurimbi
和 山东　德州　向　南　　迁徙

作为军人，

· 122 ·

第二部　喜仁玛玛

　　　　锡伯先后住进墨尔根、齐齐哈尔、
　　　　伯都纳和吉林乌拉。
　　　　作为军人，
　　　　锡伯又南迁盛京、京师和山东德州。

liyoo bira i muke amtangga kai
辽　河的水　　甜　呀
sibe elei　 etuhun　 oho
锡伯 更加　 强　 盛
coohai tušan be muyahun　 yabumbi
军人 职责 把 全面　　 履行
liyoobira ekcin de
辽　河　 畔 在
jecen saburku i usin suksalambi
边 际 望不见 的农田　开　垦
beye gunin jiha aisilame
自　　愿 资　 捐
sibe boo i miyoo be gidambi
锡伯 家　 庙　 把　 盖起

　　　　辽河的水甜呀，
　　　　锡伯更加强盛。
　　　　在全面履行军人职责的同时，
　　　　在辽河畔开垦出一望无际的农田。
　　　　自愿捐资盖起锡伯家庙。

elhe taifinejen
康　熙　帝

· 123 ·

◀◁◀ 伊散珠玛玛与喜仁玛玛

emu jilgan hese bumbi
一 声 令 下
sibecooha niyalm
锡伯军 人
dergi amargi ci cooha de genembi
西 北 向 征 出
abkai wejiyehe ejen
乾 隆 帝
emu ejen hese
一 道 圣 旨
sibe cooha niyalma yunnan
锡伯 军 人 云南
jai scuwan cooha de genembi
和 四川 征 出

康熙帝一声令下，
锡伯军人出征西北；
乾隆帝一道圣旨，
锡伯军人出征云南和四川。

cooha ai
军人 啊
abkai tušan be selgiyen dahambi
天 职 以 命令 服从
abkai wehiyehe ejen emu gala lasihimbi
乾 隆 帝 一 手 挥
sibe cooha irgen gulja wargi ci gurimbi
锡伯 军 民 伊犁 西 向 迁徙

ainaci julrgi gurimbi ineku dergi gurimbi
无论　南　　迁　还是　西　　迁
sibe　siren mama be daruhai gaimbi
锡伯 喜仁 玛玛 把　总是　带着

军人啊，
以服从命令为天职。
乾隆帝一挥手，
锡伯军民西迁伊犁！
无论南迁还是西迁，
锡伯人总是带着喜仁玛玛！

第二部　喜仁玛玛（汉译）

一

沙彦阿林让鸟兽，
闻到了花草树木的芬芳。
须卜比拉让鱼类，
饱尝了川流不息的恩赐。

伊散珠女神，
在蛮荒中敲响伊木沁鼓
吥依神勇的须卜先祖，
感到无比的神圣和巨大的惊异。
一种神秘的力量，
撑起这广袤的白山黑水。

天狗奥音达浑，
食日的那一年。
在高深莫测的通古斯山脉，
力大无比的须卜人，
喝着猛兽的奶汁和血，

第二部 喜仁玛玛（汉译）

吃着猛兽的肉，
穿着猛兽的皮。

雪花好比蝴蝶一般飘飞，
猎人就像飞箭一样驰骋；
跨过了一座又一座山巅，
雪原上响起阵阵凯歌声。

勇敢、机智的，
默尔根吾尔衮太，
自幼失去双亲，
沦为孤儿。

自小生存的猎场生涯，
使他历练为猛士。
不知他一生，
捕抓过多少老虎、黑熊、豹子……

孤独的猎活，
像风一样自由自在；
夜宿林海，
堆雪为屋。
头枕着硬弓，
睡梦中等待天明。

突然，
年迈的猎人，
与一头黑熊激烈搏斗，

伊散珠玛玛与喜仁玛玛

难以抵挡它的攻击。

吾尔衮太急中生智,
怒射响箭威慑黑熊。
凶猛的黑瞎子挥舞熊掌,
向吾尔衮太猛扑过来。

五只逊牙哈猎狗一拥而上,
围着黑熊猛烈扑咬。
吾尔衮太趁机射出,
闪电般的银箭。

蠢笨的家伙,
发出一声惨嚎,
山一样的躯体轰然倒地毙命。
吾尔衮太纵身下马,
将遍体鳞伤的老猎人揽在怀中。

夕阳染红了,
沙彦阿林的茫茫雪原。
孤独的吾尔衮太在马背上
驮着受伤的老猎人。
烤熟一头野猪的工夫,
把昏迷不醒的老猎人送回家里。

老伴见状扑了过去,
哭天抢地。
老猎人的女儿萨罕吉满含热泪,

透露出仙女一样的忧虑。
吾尔衮太的眼睛，
再也没离开忧郁的萨罕吉。

老妇人再三恳求，
吾尔衮太留在他们的艾曼，
许诺让女儿萨罕吉和他白头到老。
想到艾曼额真不会同意他们结为伴侣，
吾尔衮太的心被针扎似的，
十步九回头恋恋不舍。

老猎人一家老小，
依靠狩猎维持生计。
受伤的顶梁柱，
整天躺在炕上。
困窘的日子像寒冷的天气一样。

沙彦阿林引发火灾的那一年，
猎物无影无踪。
吾尔衮太驮着猎物，
雪中送炭。
老猎人一家喜出望外，
全家摆脱了忍饥挨饿的困苦日子。

萨罕吉爱上了吾尔衮太，
老猎人的伤也很快痊愈，
他为女儿的婚事
再次去请求艾曼额真恩准。

伊散珠玛玛与喜仁玛玛

额真因为与须卜艾曼有几代人的仇怨，
这门婚事，
遭到他的断然拒绝。

无情的现实，
给老猎人当头一棒！
吾尔衮太看着萨罕吉姑娘，
不禁黯然神伤。

雷电交加的
那一天晚上，
吾尔衮太和萨罕吉，
违背艾曼额真的天条。
跪拜天地父母
结为伉俪。

骑上哈尔堪神马
与亲人们依依惜别，
消失在苍茫的通古斯高原。
人迹罕至的须卜河的源头，
吾尔衮太和萨罕吉，
尽情享受爱情的甜蜜。

二

山高水长的
沙彦阿林腹地，
忽明忽暗的篝火

第二部 喜仁玛玛（汉译）▶▷▶

点燃长夜。
吾尔衮太小两口
以鸟兽为邻，
安享梦幻般的生活。

全凭伊散珠女神呵护他们。
怀着身孕的萨罕吉
在鹿群嚼草的
声响中，
缝制各类兽皮的襁褓。

吾尔衮太在毡帐中
打鼾的声音，
惊飞巢中的鸟。
一股冷风
轻轻袭进毡帐。
孕妇随风嗅到
猛兽的异常气味。

一只老虎突然
从毡帐的窗口伸进爪子。
萨罕吉惊慌失措的尖叫声
惊醒梦里的男人。

吾尔衮太一跃而起
睁开惺忪的睡眼。
看见老虎的前爪鲜血淋漓！
老虎泪流满面，

◀◁◀　伊散珠玛玛与喜仁玛玛

以哀求的眼神望着吾尔衮太。

这是一只落入陷阱的老虎，
爪子上扎进尖利的木签。
一股悲怜的情绪涌上心头，
吾尔衮太放下长矛，
他不慌不忙靠前为老虎拔取木签。
老虎仰天长啸一声，
一步一回头地消失在茫茫黑夜。

雨过天晴，
一道彩虹，
横跨须卜河；
萨罕吉分娩了。
一轮圆月，
挂在毡帐的上空，
好比伊散珠女神在探视新的生命。

毡帐的篝火旁，
吾尔衮太弹起心爱的敦布尔
唱起《雅琪纳》。
小夫妻为新生的
女婴取名叫"喜仁"。

母亲在摇篮旁，
轻声哼唱《巴布哩》。
小喜仁在山羊皮褥上，
香甜地睡着了。

第二部　喜仁玛玛（汉译）▶▷▶

喜鹊日夜鸣唱，
为她祝福引来吉祥。

枝繁叶茂的松树，
也有被狂风吹袭的时候。
那一天，
父亲出猎。
匈奴部落的山贼们，
找上门来。

这一天，
喜仁母亲采撷野菜，
山贼们听见婴孩的啼哭声，
步步逼近毡帐。

当年受伤的老虎
挡住来路。
山贼们个个吓得
仓皇奔逃。

老虎把喜仁连同摇篮
叼在嘴里，
回到深山老林的洞穴
喂奶抚养。
虎崽们乐得
带着喜仁整天玩耍。

沙彦阿林是

◀◁◀ 伊散珠玛玛与喜仁玛玛

喜仁姑娘成长的摇篮。
喜仁失踪后，
到处流传老虎为喜仁守门的传闻。

吾尔衮太两口断定
喜仁已经被老虎吃掉；
整天以泪洗面，痛不欲生。
吾尔衮太怨恨老虎，
从此开始专打老虎。

有一天，
他在打猎途中发现一位女孩跟虎崽玩耍。
他打马上前，
一把抓起孩子飞马奔去。

烤熟一只熊的工夫，
吾尔衮太跑回毡帐。
萨罕吉看见男人
抱着一个小孩跨进门槛。
连忙迎上去，
查看孩子后脖颈儿的胎记，
天呐！
果然是自己失踪多年的小喜仁！

萨罕吉一阵狂喜，
紧紧抱着孩子热泪纵横。
伊散珠女神是否暗中
庇护着自己的女儿？！

第二部　喜仁玛玛（汉译）▶▷▶

毡帐里的梦，
像飘逸的云朵起起伏伏。
古老的须卜河，
依旧奔流在沙彦阿林深谷。
一位美丽的姑娘，
她的传奇故事开始流传。

喜仁很快长成
聪颖敏睿的绝代美女。
她美得鲜花见了不敢抬头，
鸟雀见了忘记拍打翅膀，
鱼儿见了忘记游水，
月亮见了脸儿涨红。

天下的巴图鲁都想伴她一生，
常在梦境里心被她牵走。
喜仁率领艾曼朝哈，
以神力制服三个霍尔浑。
众人领略了吃虎奶成长起来的
绝世神女的风采。

三

室韦人追鹿
追到了嫩江。
这里山川明秀，
鸟兽活跃，

◀◁◀ 伊散珠玛玛与喜仁玛玛

鱼群翻浪；
这里风调雨顺，
水草丰美；
这里山果累累，
野菜飘香，
树木繁茂。

她善良聪慧，貌似天仙，
阳光一寸寸地为她延伸。
她热情大方，
虎穴里的非凡经历令人肃然起敬。

室韦人男女之间谈情说爱，
并非以言传情。
满山遍野的野山果，
不仅是享用的食物，
而且被阿西塔当作传情示爱的象征物。

绰尔比拉岸边，
洗野菜野蘑菇的姑娘们，
唱着山歌，
寻找少女纯洁的爱情。

打猎归来的阿西塔们，
蹚河过来。
给自己中意的姑娘，
抛出野山果。

第二部 喜仁玛玛（汉译）

姑娘们面对
鲁莽的举动不理不睬。
阿西塔纠缠不休，
喜仁面对阿西塔们的无礼
大声斥责：
"你们强人所难逞何威风！
有能耐能否与我交手一比高低？"

阿西塔们看到这个唇黄未脱的姑娘
如此出言不逊忍不住还以脏话：
"小散吉，是不是皮肉痒痒了？
来来来！让阿古为你挠一挠！"
他们把野山果，
向喜仁抛个不停。

喜仁姑娘一个猛虎下山，
年轻的阿西塔，
像一棵被伐倒的白桦树
瘫倒在绰尔河里。
姑娘们围着喜仁，
像欢叫的山雀。
喜仁的英名从此，
像山风一样刮遍艾曼。

四

雷电击打，
富兰莫林的那一年，

◀◁◀　**伊散珠玛玛与喜仁玛玛**

女真人钻了锡沃人
外出狩猎的空子，
他们像狼群一样独占地盘。

吾尔衮太横刀立马：
"沙彦阿林是伊散珠女神的父亲，
绰尔比拉是伊散珠女神的女儿，
你们还是调转马头回到乌苏里江！"

女真人像马群一样冲过来，
喜仁拍马而上，
力挽狂澜。
身处险境的吾尔衮太，
转败为胜。
室韦艾曼转危为安。

这一仗使超凡的喜仁姑娘大显神威，
声名远播。
这一仗使女真人与锡沃人，
化干戈为玉帛，世代团结和睦。

契丹和其他艾曼结成联盟，
决定征服锡沃艾曼。
锡沃艾曼达亲临喜仁家
要求出征。

喜仁姑娘看见父亲吾尔衮太
重伤在身难以下炕，

请求领兵替父出征。
艾曼达和喜仁父母怎能忍心,
让一个不满十四岁的散吉替父出征。

智勇双全的喜仁慷慨陈词:
"凶猛的老虎喂育我成长,
为让咱锡沃人不受他人欺凌。
伊散珠女神保佑咱,
为的是让锡沃人强盛起来。
放下心吧,艾曼额真!
伊散珠女神会时时呵护我,
白发巴纳额真也会在暗中庇护我,
养我的虎神妈妈给我千钧之力,
哈尔堪送给我的神马不会摔下我,
我坚信这一路无人匹敌!"

锡沃人粗犷的山歌声
响彻云霄。
喊杀声穿透沙彦阿林的漫漫长夜,
战争像围猎一样。

五

喜仁拯救锡沃人,
声名鹊起。
其战功美德,
感动了伊散珠萨满。

◀◁◀　伊散珠玛玛与喜仁玛玛

东归路上
喜仁大队人马，
在深山老林迷了路。
喜仁向伊散珠神请求了
三个月亮和吉祥的瑞兽。

在月光的照耀下，
在瑞兽的引领下，
喜仁队伍从绝境中
安然脱险。

在奥音达浑食日的一天，
喜仁的人马，
被困在熊熊燃烧的
森林大火之中。

喜仁又向伊散珠萨满
请求了九个彩虹桥，
让九百九十九个小孩
踏上了九个彩虹桥。

漫漫路途虎狼出没，
为了不让九百九十九名孩童
一不留神走丢，
她用一条长绳拴好了他们的胳膊。

九百九十九个小孩，
翻山越岭，

第二部　喜仁玛玛（汉译）▶▷▶

终于一个不少地
走出大山深林。

太阳露出了笑脸，
孩儿们突然跑过来
跪在喜仁的面前，
异口同声喊道：
"喜仁妈妈！"

喜仁两行热泪
不禁夺眶而出：
"心爱的孩子们，
我就是你们的妈妈！
因为你们的母亲已经不在世了。"

从此以后，
锡沃人世代牢记喜仁妈妈，
把结绳记事的天地之绳，
开始叫喜仁玛玛。
把她挂在西屋内，
西北至东南角天天供奉。

生个男孩，
在喜仁玛玛身上挂小弓箭；
生个女孩，
在喜仁玛玛身上挂红布条；
生个次子，
在喜仁玛玛身上挂靴子。

◀◁◀ 伊散珠玛玛与喜仁玛玛

又生女孩，
在喜仁玛玛身上挂摇篮；
生个三子，
在喜仁玛玛身上挂费尔格屯；
再生女孩，
在喜仁玛玛身上挂水桶。

过了一辈，
在喜仁玛玛身上挂嘎拉哈；
满载而归，
在喜仁玛玛身上挂铜币。
大年三十挂喜仁玛玛，
跪拜磕头显灵吉祥。
在喜仁玛玛的光辉照耀下
锡沃艾曼在嫩江和松花江两岸，
繁衍生息。

六

蒙古在蒙古高原崛起，
成吉思汗的二弟哈萨尔
率领科尔沁千军万马南下，
锡沃艾曼归科尔沁蒙古管辖。
锡沃人照样渔猎又种庄稼，
除了使用吸收大量女真语的锡沃语，
锡沃人开始运用蒙古语。

第二部　喜仁玛玛（汉译）▶▷▶

在东北大地，
建州女真崛起，
锡伯人卷进九部之战。
康熙三十三年，
科尔沁将锡伯艾曼进献满洲。
锡伯人开始二百年的军旅生涯。

作为军人，
锡伯先后住进墨尔根、齐齐哈尔、
伯都纳和吉林乌拉。
作为军人，
锡伯人又南迁盛京、京师和山东德州。

辽河的水甜呀，
锡伯更加强盛。
在全面履行军人职责的同时，
在辽河畔开垦出一望无际的农田。
自愿捐资盖起锡伯家庙。

康熙帝一声令下，
锡伯军人出征西北；
乾隆帝一道圣旨，
锡伯军人出征云南和四川。

军人啊，
以服从命令为天职。

◀◁◀　伊散珠玛玛与喜仁玛玛

乾隆帝一挥手，
锡伯军民西迁伊犁！
无论南迁还是西迁，
锡伯人总是带着喜仁玛玛！

ilaci yohi　sibe uksurai gurin jihe ucun
第三部　锡伯　族　迁　徙 之歌

junggoi dergi amargi
中　国　西边 北边
ili sere emu　hoxo
伊犁　一个　角
uksurai emhun erin de
民　族　独 立　时
usun gurun oho
乌孙 国　变为

　　在祖国遥远的西陲，
　　镶嵌着一颗璀璨夺目的宝石，
　　那是如花似锦的伊犁哟，
　　人道是古代乌孙旧址。

jungar　i　enen dawaci
准噶尔 的 后代 达瓦奇
joritai facuhvn be deribuhe
故 意　叛 乱　开　始
juwe jiyangjiyun bandi yungcang
二　将军　班第　永昌

145

◀◁◀ 伊散珠玛玛与喜仁玛玛

jakani bata be jafaha
轻易　敌人　抓捕

　　遥想当年准噶尔部的达瓦奇，
　　叛乱的烽烟发出称帝的梦呓。
　　班第、永昌二将军奋勇定边，
　　歹毒的狂虏覆灭在格登山里。

amala geli facuhvn oho
后来　还叛乱　变为
amursana　inu ubašaha
阿穆尔萨纳 也　反叛
bata　i hvsun etuhun de
敌人的 力　　量　强
barkul ci　joohvi be fidehe
巴尔库儿　赵辉　派遣

　　受难的人民渴望安居乐业，
　　残暴的匪徒妄想蠢蠢再起，
　　阿穆尔萨纳挑起分裂的黑旗，
　　将兆惠派往巴尔库儿。

amba coohai horon de
大　军队　威武
amursana　naranggi burulaha
阿穆尔萨纳　终久　败逃
arga　akv ukame yabufi
办法 没有　逃　走

abka ilhade gukuhe
天　花　　灭亡

浩荡的大军所向无敌，
阿穆尔萨纳溃奔安集延；
没有办法逃走，
历史罪人染疾命毙。

goro jecen be feshelehe
遥远　边境　　踢
gvidame elhe be bodoho
久　　太平　　思考
gvsai irgen be tebunere be
旗 百姓　　驻扎
gvlmin arga obuha
长久 办法 作为

漫长的国界如何守卫？
边疆的百姓安得生息？
纵观史书啊调兵迁民，
屯垦戍边是万全之计。

manju ejen i hese bihe
满洲　皇帝 谕旨 有
mukden jiyangjyun de wasika
盛京　将军　向 下达
minggan sibe be sonjofi
一　千 锡伯　　选

◀◁◀ 伊散珠玛玛与喜仁玛玛

ili de tebune seme afabuha
伊犁　　驻扎　　　交代

大清皇帝发出谕旨，
传到盛京将军那里。
命令抽选锡伯千户人，
远戍边防到伊犁。

mukden goloi sibe sembi
盛　京省　　锡　伯
mujilen muterkv tatašambi
心　　愿　不能　　依　恋
mujime songgome arga akv
抽　　　泣　　办法没有
muterei teile katunjambi
能　　只　　忍　　耐

奉天省的锡伯啊眷恋故地，
亲吻沃土不忍上鞍呜咽哭泣，
谐命如山忍痛又割爱，
眼望故乡十步九回难别离。

girin goloi　irgen sembi
吉林　省　百　　姓
giranggi yali　　ci fakcambi
骨　　肉（亲戚）向 离别
gingsime songgoro gosihon de
哽　　　咽　　　苦楚

· 148 ·

gangi niyaman meijembi
钢　　心　　粉碎

吉林省庶民哟离别骨肉，
相抱痛哭何凄凄。
莫道是钢铸铁打的汉，
心如刀割垂泪涕。

sahaliyan ula i irgen sembi
黑　龙　江　百　姓
sadun niyaman ci delhembi
亲　　家　从此 离别
songgoro fara gosihon de
哭啼　　苦　楚
selei niyaman meijembi
铁　心　粉　碎

黑龙江百姓呀告别众亲，
声声抽搐哭成泥，
纵使铁石心肠的人，
泪如泉涌把头低。

gufu gugu fuden jimbi
姑父 姑姑 送　　行
gubci acafi songgombi
都　聚集　哭　泣
guwere ukcara arga akv
摆脱　离开 办法没有

· 149 ·

◀◁◀ 伊散珠玛玛与喜仁玛玛

gugu jalahi　delhembi
姑姑 侄 子　离 别

　　姑父姑姑哀戚来送行，
　　呼唤侄儿难舍共幽咽，
　　万般悲痛救不了苦命，
　　挥泪行礼从此告辞。

nakcu nekcu fuden jimbi
舅舅　舅母　来　送行
naršame tatašame songgombi
依依　　不 舍　　　哭
nakara tuwara arga akv
离别 相 看　法 无
nakcu ina delhembi
舅舅 外甥　离 别

　　舅舅舅母依依来送行，
　　一腔怨嗟簌簌泪沾衣。
　　哭干眼泪行人难久留，
　　今后相见只能在梦里。

uksun mukvn fuden jimbi
家　　族　　送　行
uhei acafi songgombi
一齐 聚集　哭 泣
ujan jecen be tuwakiyara jalin
边　境　　守 卫　　为了

· 150 ·

uksun mukvn ci delhembi
家　　族　　　离　别

　　家族来送行，
　　一齐聚集哭泣。
　　为了守卫边境，
　　与家族相离别。

niyaman gucu fuden jimbi
至亲　朋友　送　行
niyaman fintame songgombi
心　绞　痛　哭　　泣
ili jecen be tuwakiyara jalin
伊犁 边陲　守　卫　为了
niyaman gucu ci delhembi
至　亲 朋友 向 离　别

　　至爱亲朋戚戚来送行，
　　牵衣顿足无言唯啜泣。
　　而今奉命戍边到伊犁，
　　与君惜别无会期。

duin adaki hebšembi
四　　邻　商　量
dubentele fakcarangge ere sembi
最　终　　离 别　这 个
duin biyai juwan jakvn de
四　　月　十　　八

◀◁◀ 伊散珠玛玛与喜仁玛玛

delhere buda ulebumbi
离　别　饭　使吃

满屯乡亲含泪聚议，
人间伤别莫过于此。
断肠时节应备饯别饭，
观天择吉四月十八日。

eifu kvwaran de genembi
墓　　园　　　去
eyeme sekiyeme songgombi
流　　滴　　　哭泣
ereci enteheme fakcafi
从此　永远　　离别
erime wecerengge we sembi
扫　　　祭　　奠　谁

满怀忧悒到祖先寝地，
追念祖父辈的恩泽捶胸号泣。
此行一去跪拜万里之遥，
荆棘丛生的陵园谁来扫祭！

hvwangtahvn eifu be werimbi
荒　芜　坟　　留下
hoošan be we deijimbi
纸（钱）谁　烧
boigon gubci genembi
家庭　全部　去

第三部　锡伯族迁徙之歌

boihon be we nonggimbi
土　　把　谁　添

留下孤独的坟冢谁来烧纸钱？
面对先辈遗骨不忍离去，
同族皆西迁无人来培土，
唯有残月伤怀杜鹃血啼！

generkv seme ombio
不　去　　行吗
guruni fafun guwebumbio
国　　法　　摆脱
gvnidame narasame songgocibe
只　有　依恋　　恸哭
guweme ukcame mutembio
摆脱　　能　吗

森然国法谁能逃避？
区区百姓能说不去？
天地无情恸哭何用，
万般冤屈吞在心里。

songgoho seme tusa ombio
哭　泣　　用处 行吗
sosorome guweme mutembio
退　却　脱罪　行吗
sitabume tookabure de isinaci
使　迟　　耽搁　　到

· 153 ·

◀◁◀ 伊散珠玛玛与喜仁玛玛

suwarkiyan susiha be alimbi
刑　鞭子　　　接受

悲愤怨伤向谁倾诉？
涕泪纵横官吏怜你？
皮鞭催迟刑法欲施，
无尽缅思早应压抑！

hoso i sarganjui be absi sembi
角落　姑　娘　怎么办
hokofi gamara doro bio
脱落　拿去 道理 有
honin sarin jeterkv
羊宴 席 不 吃，
holbome burkv ai arga　bi
结婚　不让 什么办法有

角落里出嫁的姑娘怎么办？
莫非退还收下的彩礼。
恩爱良缘用不着宰羊，
远戍前匆忙对拜天地。

hejehe urun be absi ombi
娶　媳妇　怎　样
hebšeme icihiyarkv mutembio
商量办　理　　不能吗
hese alahakv ocibe
指令　没　告诉

holbome gairkv ai arga bi
结　婚　不要　什么办法　有

定亲的儿媳扶柳凝神，
难道割断忠贞的情丝？
共赴患难是女子的美德，
唤女快跟夫婿同穿戎衣。

daruha urun be absi ombi
童养　媳　　怎　样
dahvme bederebuci mutembio
重新　　退回　　能否
dancan i ergide hebšefi
娘家　的 方面　商量
dahabufi gamaci acambi
带　着　拿去　　对

可怜受尽折磨的童养媳，
难言苦衷逼出心中的疮痍。
将在边塞熬度少女的青春，
无尽的忧虑何日才能完毕。

baitangga jaka be gaisu
有用的　东西　　拿上
banjire were be bodoki
生　　活　着　想
bana i langgv be gaisu
故地 的　南瓜　拿上

· 155 ·

伊散珠玛玛与喜仁玛玛

dergi abka de tariki
西边　天　种

　　备好踏上征途的什物，
　　生活需要千万莫怕费事，
　　带上故乡金银般的南瓜籽，
　　播在西域备荒好充饥。

siren mama be gaisu
喜利　玛玛　拿上
sirame juse fuzembi
将来　孩子　繁盛
harkan mafa be gaisu
海尔堪　祖先　带上
horhon ulha fusembi
圈　　牲畜　繁盛

　　精心装好吉样的喜利玛玛，
　　菩萨保佑子孙繁衍生息。
　　裹好祚福的哈尔堪玛法，
　　保佑六畜兴旺人丰衣。

ilan minggan niyalma anggala
三　　千　　人　　口
niyaman nimere be katunja
心　　痛　　　忍着
ihan sejen be tohome gaifi
牛　车　　套　拿上

第三部　锡伯族迁徙之歌

yabure baita be dagila
走　　事情　　准备

三千余名锡伯人啊离乡背井，
强忍心中告别故乡的悲泣。
吞悲饮泪套上古老的木轮牛车，
准备离别丰美的故地。

yabure ursei gosihon
行　　人们　　苦
yasai muke olhorkv
眼　　泪　　干
amala fudere geren seci
后来　送别　大　众
absame songgome nakarkv
脸　白　哭　　　不止

远去的人们呀心肝摧裂，
哭干了眼泪又哭出了血渍……
送行的人们啊拦道号啕，
洒下的泪水把车印打湿。

morin tohoho moo sejen
马　　套　　木头　车
musikvng tosikvng yabumbi
歪歪　　扭扭　　行走
den fangkalan be ilgarkv
高　低　　　不　分

· 157 ·

伊散珠玛玛与喜仁玛玛

der　hoo　seme　kaicambi
得尔 浩　　喊　　道

马套木头车，
歪歪扭扭走；
不分高低不平的路，
喊着"得尔浩"！

alin juntan be yabumbi
山　小道　　　走
amba ihan be dalimbi
大　牛　　　赶
ama　mafa　baci　aljafi
父亲　祖父　地方　离开
amasi tataa šme songgombi
往后 依　恋　　哭

陡峭的山路崎岖难行，
健壮的老牛急喘粗气。
离开祖父父亲所在的地方，
依依不舍地哭泣。

daban jugvn be yabumbi
大阪　　路　　　走
dada liyo liyo sembi
达　达　略　略
danaha hafan i horon de
管辖的　官　的 威　武

dar seme surgeme gelembi
哆　嗦　颤抖　害怕

  赶车的吆喝声有气无力，
  跟车的人迈着蹒跚的步履。
  催促的鞭子抽得皮开肉绽，
  一路青草涂染了斑斑血迹。

ili　jecen goro bihe
伊犁 边陲 遥远　有
isinara de yala eksehe
到　　那样 着急
inenggi dobori dalire de
日　　晚　　赶
niyaman silhi meijehe
心　　肝　粉碎

  遥远的伊犁卡伦望不到头，
  远征的队伍日夜兼程走得急。
  头顶炎热腹中饭糗如草，
  风剑霜刀里人畜积劳成疾。

aiman be kadalaha　amhvlang
部落　　管辖　　阿木胡朗
amba horonggo arselang
大　　威武　狮子
abka gererebe aliyarkv
天　　亮　　不等

◀◁◀ 伊散珠玛玛与喜仁玛玛

amgaburkv kaicara hwang xu lang
不让睡　喊　　黄　鼠　狼

辖领西迁大臣阿木胡朗，
是个贪婪残暴喝人膏血的狮子；
不等拂晓像黄鼠狼吼叫催促起程，
真是蛇蝎心肠狠毒又暴戾。

dabsun sogii menggun seci
盐菜　银子若　说
daci buhengge tesumbihe
原先给　的　　够
danaha hafan doosi ofi
管辖的 官儿 贪婪 因为
dabargan deni tebuhe
袋子　　高的　装

盐银菜金谁曾见过，
喂肥了狼心的贪官污吏。
可恶的贪官儿们，
中饱私囊。

gobi jugvn dehi dedun
戈壁 路　颠 簸
gvnici inu hanci waka
想来　是 近　不是
inengg i dobori yabure de
　日　　　夜　　　走

· 160 ·

ihani fatha mangga jaka
牛的 蹄子 硬　　东西

> 戈壁之路颠簸难走，
> 想来路途并不近。
> 队伍日夜兼程走得急，
> 烈日烙着的沙石磨破了牛蹄。

yabure jobolon uttude
走 祸　患　　如此
niyaman silhi meijembi
心　　　胆　粉碎
yaka nimeku teisuleci
那个　　病　受到
yasa tuwahai bucembi
眼睛 看着　　死

> 车辚辚，夜夜风餐露宿，
> 路漫漫，日日劳累已极；
> 哪个病倒了，
> 只能眼看着死去。

hehesi juse ujimbi
妇女 孩子 生
hvsire boso aibide bimbi
包　　布　哪里　有
umainaci ojorkv de
无可奈何 不行

◀◁◀ 伊散珠玛玛与喜仁玛玛

orho de hosifi yabumbi
草　用　包住　　走

饥寒交迫使孕妇途中早产，
裸身嗷啼的婴儿命在旦夕。
割下路边的枯草当襁褓，
干瘪的奶头哪能咂出乳汁！

hangkame katame yabumbi
渴　　　　干　　　走
hangar alin de isinaha
杭阿里 山　　　到了
halhvn de yala hamirkv
热 得　果 真　难受
hacihiyame yabure be ilinjaha
疾　　走　　　暂 停

忍饥挨饿坚持走啊，
好不容易到了杭阿里山。
难以忍受干热呀，
急行军只好暂缓。

uba tuba de tuwahai
这里那里　　看
ujemel sogi be sabuha
乌珠么尔菜　　看到
urgunjeme tunggiyeme gaifi
高兴　　　捡　　拿

· 162 ·

uhei ebime jetehe
要 饱　　吃

> 逶迤的队伍发出饥饿的呻吟，
> 心中的愁云凝聚得如此浓密，
> 吃完了树皮采集难得的乌珠么尔，
> 谢天谢地勉强填充饥肠辘辘的肚皮。

uttu yabucibe inu hvdun
这样　走　也　快
uliyastai　be　emgeri dulehe
乌里雅苏台　已经　过
hvsutuleme hacihiyame yabuhai
努　力　　赶　　走
hobico be inu tucihe
科布多　也 出来了

> 如此赶路也很快，
> 跋涉河水纵横的乌里雅苏台草地。
> 奋力疾走，
> 穿过朔风凛冽的科布多。

goro deri tuwaha
远 处　　看
gobii teile sabuha
戈壁 仅仅 看到
gvniha ci tulgiyen geli
想　从 以外　再

· 163 ·

伊散珠玛玛与喜仁玛玛

gosihon mangga de tušaha
艰　　　难　　　　受

　　远看，
　　仅仅看到戈壁；
　　无法预想，
　　还要承受多少苦难。

ududu inenggi jugvn de
好多　天　　路
orho muke šuwe akv
草　水　竟然　没有
efujefi waliyaha sejen be
坏　　　了　　扔　车
ertele kemuni bi sembi
到现在 还　有 说的

　　不知走路多少天，
　　没见过水草。
　　明明车破了扔了，
　　到现在还说车还在。

ba ci aljaha irgese
故地从 离 开　百姓
beyebe karmara be bodoho
把自己护　卫　　　想
barluk de isiname
巴尔鲁克 到了

第三部　锡伯族迁徙之歌 ▶▷▶

baifi tuweri be hetehe
找　冬天　把 度过

> 离开故乡的百姓，
> 不得不深思自己的生存之路。
> 在巴尔鲁克休整一冬后，
> 队伍浩浩荡荡通过新的难关。

niyengniyeri be dulembuhe
春　　　天　　使过
ilan duin biya oho
三　　四　月　了
niyanciha mutuha manggi
青草　　　长出　　后
ili baru juranaha
伊犁方向 出发

> 春天来了，
> 三、四月了。
> 青草长出后，
> 向伊犁方向出发。

tala bigan i jugvn haksan
原　野　的 路　险峻
talang sejen yabure manda
方　车　　走　　慢
tandame tome yabuhai
打　　　骂　走

· 165 ·

◀◁◀ 伊散珠玛玛与喜仁玛玛

tarbahatai　　be　duleke
塔尔巴哈台 把　　过

原野道路险峻,
车辆走得很慢。
在一片打骂声中,
走过塔尔巴哈台。

ineggidari yabuhai
每　天　　走路
ihan gemu sadaha
牛　都　　乏力
ergeltei yabuhai
逼　迫　　走
ehe sejen inu efujehe
不好 车　也　坏了

每天不停地走路
牛都疲惫不堪。
被逼迫赶路,
破车全都坏了。

ergeme teyehe bade
休　　息　地方
enteheme gebu tutaha
永远　　名字 留下
sirame i　urse　tuba be
后来 的 人们 把那里

· 166 ·

第三部　锡伯族迁徙之歌

sibetu seme gebulehe
锡伯渡　起　　名

河流汹涌咆哮，
从哪儿去找摆渡的船帆？
砍来山上的树木架起了桥，
"锡伯渡"的美名传到今天。

coohai meyen yabumbi
军　　队　　走
coron cordome sebjelembi
绰伦　吹　　娱乐
dobori ergehe bade
晚上 休息　地方
dombor fitheme tookabumbi
冬不拉 弹 奏　消遣

军队走在一片荒凉的戈壁，
干渴的人们吹绰伦娱乐。
夜晚围住篝火弹起冬不拉，
疲惫不堪的同胞以此聊以消遣。

labdu jobocun be aliha
很多　忧患把　受
lalame yuyume yabuha
饥　　饿　　走
loo feng keo be dulerede
老风　口 把　过了

◀◁◀ 伊散珠玛玛与喜仁玛玛

elkei edun de deyehe
差点　风　被　飞

忍受很多忧患，
再饥饿也得走。
过了老风口，
差点被狂风吹飞。

tanggv hacin jobocun be
百　种　　　　忧患
taka katunjafi yabuha
暂且　忍耐　　走
tookame sitame yabucibe
耽　搁　迟到　走
talkiangga be dosiha
塔尔奇口　进去

多少忧患啊，
暂且忍耐着走。
虽然走得耽搁迟到了，
然而已进入塔尔奇口。

šulhei holo haksan seci
果　子　沟　险峻 若说
šurdeme eyehe muke doksin
周　边　流　水　湍急
sejen yabure jugvn akv
车　　走　路　没有

tame tere arga　　akv
看　坐　办法　没有

　　果子沟险峻，
　　周边流水湍急
　　车没有路可走，
　　边坐边看没有想出良策

lak seme hebešeme toktobuha
恰　好　商量　　确定
nerginde gala　arame
马　上　手　　动
narhvn holoi dorgide
狭　窄　沟　里面
nadanju kurbu araha
七　　十　桥　做

　　大家商量决定稳妥的办法，
　　马上 动手；
　　在狭窄的沟里面，
　　修建七十座桥。

tanggv geren uhei hvsutulehe
百　众　一起努　　力
talki　holo be fondo tucike
塔尔奇沟　把 直通　出来
nadan biyai orin de
七　　月 二十 在

◁◁ 伊散珠玛玛与喜仁玛玛

ili bade naranggi dosiha
伊犁 地方 终归 进去

凭一双开天辟地的臂膀,
架起桥梁开拓了坦途,
七月二十,
终于到达伊犁地方。

golmin jugun yabume jobombi
长　　途　跋涉　受苦
baksan meyen nenden amla isinjimbi
队　　伍　先　后　来齐
lucaogou amargi de kvwaran jafafi tatambi
芦草沟　北面　　安营　扎　寨
nadan biya orin ju inenggi
七　月二十二　日
jiyanggiyvn fu deisinjihe boolambi
将　军　府　报　到
jidere aniya ili bira julergi
来　年伊犁河　南
ekcin ci gurimbi
岸　向　迁驻

长途跋涉的队伍先后来齐,
安营扎寨芦草沟北面;
七月二十二日报到将军府,
来年迁驻伊犁河南岸。

第三部　锡伯族迁徙之歌

ejen jecen anafu i bilaha inenggi be
皇上边　戍　的　期限　把
baleme selgiyembi
颁　　　布
selemšeme tebunem erin ninju aniya
驻　　防　时间 六十　年
emu mudan halacame selemšembi
一　　　　　换
ninju aniya isijiha　erin　aliyaha
六十年　期　满 时间 待 到
suduri de gungge tebumbu
青史　　　功　　载
boo huwaran ci bederembi
家　　园　重　返

　　皇上颁布戍边的期限，
　　驻防时间六十年一换，
　　待到六十年期满时，
　　功载青史重返家园。

ninju niyengniyeri bolori golmin ocibe
六十　春　　　秋　悠长 虽然
idu halam erin be kalambi
换　班 时间 把　盼望
elgiyen tumin ili　bira ekcin de dosiha
富　　饶 伊犁河　边　进住

◁◁ 伊散珠玛玛与喜仁玛玛

nimaha butame urume yuyumbi
鱼　　捕　饥　饿
manga furdan dulembi
难　　关　熬过

六十个春秋虽然悠长，
总会盼到换班的时间。
住进富饶的伊犁河边，
捕鱼也可熬过饥饿的难关！

minggan jecen de
千里　　边防线
tasha horonggo faidambi
虎　　威　　摆下
sibe i kvwaran
锡伯　　营
ekiyem niyarma cooha morin
减　　员　　兵　马
ninggu gusa banjibumbi
六　　旗　编为
amba na eni hvwašabure
大　地 母亲 养育
kiceme jobome i juse dasu
勤　　劳　的儿女
sula i niyalma geli baksan koolingga
闲散　人员　又　重　正规
jakungusa banjibumbi
八　　旗　编

· 172 ·

第三部　锡伯族迁徙之歌

千里边防线摆下虎威的锡伯营，
减员的兵马暂编为六个旗，
大地母亲养育勤劳的儿女，
闲散马甲又重编正规八旗。

geli baksan i gvniha
重　编　　的 意图
cooha irgen gemu sambi
军民　　皆　　　知
takuram bedewele i angga aljaha gisun
遣　　　返　　的 诺　　　　言
eiterem ombi
诈　欺 已成
da　　　i akv cooha irgen ergen hetumbumbi
无根无蒂的 军　民　　生命　谋　　生存
ya dolo yamun kesi sangnam tem ailambi
哪可　朝廷　恩　赐　　坐　等

重编的意图官民皆知，
遣返的诺言已成诈欺，
无根无蒂的军民要谋生存，
哪可坐等朝廷恩赐。

emu gala i　beri sirdan jafame
一　手 的 弓　箭　　拿着
gurun be karmambi
国 土 把　　保卫

伊散珠玛玛与喜仁玛玛

jarhv niohe karun
豺　狼　卡伦
temgetun　kiru be fehubukv
旌　　旗　不让 践踏
emu gala hadafun be jafabi
一　手　铣镰　拿着
sekiyen be neime eyere
开　源 节　流
dobi gulmahung bigan ulgiyan
狐　兔　　野　猪
tucime akume ba de neimebi
出　　没的 荒地 开垦

　　一手拿着弓箭保卫国土，
　　不让豺狼践踏卡伦旌旗，
　　一手拿着铣镰开源节流，
　　开垦狐兔野猪出没的荒地。

giltarašme coo be　lasihimbi
闪耀　铁锹　挥舞
hailan fulhe be fetem
树　根　刨
facuhun wehebe gurimbi
乱　石　搬走
baturu fafurii cooha irgen
英勇　善战的 兵民
boljon erden ileto ileto
波 光　粼粼的

· 174 ·

cohol　　yohorobe fetem šanggambi
绰霍尔　　渠　　挖　　成

挥舞银光闪耀的铁锹，
刨掉树根搬走乱石，
英勇善战的兵民，
修成波光粼粼的绰霍尔渠。

eyehe nei jalu tubihe banjiha
流　　汗水丰硕果实 结出
amgaha amba na aisin handu bele be alibumbi
沉　睡　大　地　金灿灿　稻　米　　　献出
iasha cooha bele akalakv
断缺的　军　粮　不发愁
urhu haihv i sianggiyan banjin sukdun gajimbi
袅　　袅　的 炊 烟　生活的 气 息　带来

流下汗水结出丰硕果实，
沉睡大地献出金灿灿稻米；
断缺的军粮用不着再发愁，
袅袅的炊烟带来生活的气息。

wenjehun elhe i banjin
红　火　安 定 的 日 子
arkan arkan delibumbi
刚　　刚　　开 始
derbehun bira ekcin de
潮　　湿　河　边

· 175 ·

◀◁◀　伊散珠玛玛与喜仁玛玛

indehen nimeku gashan yabumbi
致命的　　疟疾　　流行
abkai enduri be jalbarime baime
天　　神　　祈　　求
gosiholom baibi gemu surewakv
哀　　求　皆　不灵
jilaka emu hefelinggu
可怜 一个　　胞
gelecuke geri de akv oho
可怕的　瘟疫　死亡

　　红火安定的日子刚刚开始，
　　潮湿河边流行致命的疟疾，
　　祈求苍天哀求神仙皆不灵，
　　可怜同胞死亡于可怕的瘟疫。

banjin jugun adake gukdu gakda
生　存　道路　如此　坎坷不平
teni ilibum usin yayan geli waliyambi
才　建立　田　园　又　抛弃
ambula eneshun bana de muke be bahabi
广袤的　坡　　地　　水源　探明
bur bur seme seri be
淙　淙　清　　泉
šahun kicebe tarimbi
辛　　勤　耕种

　　生存道路如此坎坷不平，

· 176 ·

第三部　锡伯族迁徙之歌

才站住脚跟的田园又要抛弃，
在广袤的坡地探明了水源，
引来淙淙的清泉辛勤耕织。

yasa torhom siden gvsin nadan aniya dulehe
眼　转间　三十　七　年　已过
julgesi ebsi bigan tala tof ilibumbi
亘　古　原　野村落　兴起
bur bur birgan ilha be simembi
涓　涓　溪流　花蕾　滋润
edun burga fodoho jorkimebi
轻扬　柳　条　啼鸣
gulin cecike be yobo maktambi
黄　鹂　逗　引

转眼间已过三十七年，
亘古荒丘漠野里村落兴起。
涓涓溪流滋润绽放的花蕾，
轻扬杨柳逗引啼鸣的黄鹂。

sili mama biri sirdan
喜利 玛玛 弓　箭
duri be haitambi
摇篮　　增拴
gusa fejergi dangse boo i
旗　下　档　房 的
gebu halai dangse
花　名　册

◀◁◀ 伊散珠玛玛与喜仁玛玛

juse dasu i gebu be arambi
儿　女　的　名字　填写
niyalma indeme jihe seri muke isilakv
人　丁　兴旺　使　泉　水　不够
yasai julergi usin tarime isirakv
眼　前　农田　耕　不足

　　喜利玛玛增拴弓箭和摇篮，
　　旗下档房的花名册填写儿女的名字，
　　人丁兴旺使泉水农田杯水车薪，
　　眼前耕地已经远远不足种植。

tunggen de amba mujin tebure niyalma
胸　　在大　志　怀　　人
irgen de gvnin niyame tatambi
民　为　　心　　操
golo hanci alin bira taha
远　近山　河　勘察
bethe soko werihe
足　迹　留下
tubote amba mujin ili bira muke be gajimbi
图伯特　壮志　伊犁　河　水　开引
tere sibe cooha irgen jalin golo bodombi
他　锡伯　军　民　为了　远虑　深谋

　　胸怀抱负的志士为民操劳，
　　远近山河留下勘察的足迹；
　　图公壮志凌云开引伊犁河水，

第三部　锡伯族迁徙之歌 ▶▷▶

他为锡伯军民的安身立命深谋远虑。

emu inenggi hefeli ebihe
终　　日　肚子　饱食
doosi hafan ehe gisun
贪　　官　恶　言
koimali aldungga solodai indahvn adali
刁钻　古怪　索伦岱　狗　　像
juken niyaman i tubote be ehecumbi
心怀　叵测　图伯特　诽谤
irgen gvnin be balai ereme ka bumbi
人民 意 志　妄　　想　阻挡

　　终日饱食的贪官们恶言喷喷，
　　刁钻古怪的索伦岱行同狗彘；
　　心怀叵测诽谤图伯特，
　　妄想阻挡人民的意志。

molo amba lama hing sere mujilen
摩伦大　喇嘛一　片丹心
amba jurgan de teng seme ilifi
大　义　　凛　然
geren leoen be nakabuha
众 议　　力排：
ere baita　gung mutebukv oci
此 事　功告　无　成
bi ciha tubote haji hanci niyalma
愿 同 图伯特 亲　近　族人

179

◀◁◀ 伊散珠玛玛与喜仁玛玛

be sacim wambi
把 斩   杀

摩伦大喇嘛一片丹心,
大义凛然力排众议:
"若要此事功告无成,
愿同图公被斩亲灭族在所不惜!"

jurgan jirgan ehe miosihon be gidambi
正 义 呼声 恶 邪   压倒
cacura mentuhun ulgiyan gisun gisuremutukv
捣鬼 蠢   猪   厥词 不敢再言
haha hehe sakda asihan usiha biya amcambi
男   女 老   少   星   月 相聚
tubote enen juse be
图伯特 子孙 的
hvturiarambi mujilen karaba
福   造   建议   拥护

正义的呼声压倒邪恶,
捣鬼的蠢猪们不敢再放厥词;
男女老少犹如众星捧月,
拥护图公造福子孙的建议。

duyin tang niyalma sukdu baturu alin bira
四   百 健儿   气 壮   山 河
amba kiru ci gashun bumbi
大   旗 向 誓   宣

·180·

第三部　锡伯族迁徙之歌

niyamen gang i adali
心　　钢　　如
tubote dahame alin be sacambi
图公　跟随　山　把　劈
aika muke isijihaku
若　水　到　没
bucem isimbi tušan ci nakaku
死　到　职　不　辞

　　四百多名健儿气壮山河，
　　跪对猎猎大纛庄严宣誓：
　　心里如钢跟随图公开山劈岭，
　　若不水到渠成死不辞！

baturu fahvn weihe be fasar seme
壮士　胆量　顽石　粉　碎
hasiha nei tala be usihibumbi
挥洒汗 原野把　浸湿
tubote beye neneme niyamen fahvn sabumbi
图伯特身　先　　心　肝　相照
suilacuka cacarimaika de dosin tucimbi
不辞辛劳　　帐　幔　出　入
nimeku be fojimbi
疾　　把　问

　　壮士胆量粉碎了顽石，
　　挥洒的汗雨浸湿戈壁；
　　图公身先士卒肝胆相照，

· 181 ·

◁◁ 伊散珠玛玛与喜仁玛玛

不辞辛劳出入帐幔含蓼问疾。

udu bedere weire nimeku erin
多少 返 工 痛苦 时刻
tere narhvn bodome niohun weihe efujeme tuhe
他 细心 琢磨 沙 石 塌 掉
udu tacibun dasabun amgakv dobori
多少 励精 图 治 不眠 之夜
tere ayan dengjan be jafame erden be okdombi
他 蜡 烛 秉 晨曦 迎接

多少个返工的痛苦时刻，
他细心琢磨塌方的沙石，
多少个励精图治的不眠之夜，
他秉烛耿耿迎接黎明的晨曦。

nio sahvlun udun weihe be derden seme
刺骨寒 风 牙齿 打 颤
fiyakiya i šun beye suku be haksambi
炎热 的太阳身 皮 焦灼
batutusa i mujin teng seme
勇士们 的 信心 坚定 不移
aiba gosihun mangga be yasai de sindambi
哪会 艰 苦 把眼里 放在

刺骨的寒风冻冰打颤的牙齿，
炎热的太阳焦灼身上几层皮？
勇士们的信心坚定不移，

· 182 ·

第三部　锡伯族迁徙之歌

哪会把艰难困苦放在眼里。

ju minggan sunja tang
两　千　五　百
inenggi dobori funtursembi
日　　夜　奋　斗
yarhvdame muke muduri sure
牵　引　水　龙　乖　乖
baturu mujin be donjinmbi
英雄　意　　听从
ulan yohoron yarhvdame
沟　　壑　引　过
alin mangkan be duleke
山　丘　　穿过
emu santangga hata adali
一条 银色的 飘带　像
ju tang bana eyembi
二　百　地　奔流

　　两千五百多个日日夜夜奋斗不息，
　　牵引的水龙乖乖听从英雄的意志
　　引过了沟壑穿过了山丘……
　　像一条银色的飘带奔流二百里。

a　ergen i　muke
啊　生命的 水呀
hvtur i muke
幸福 的 水

◀◁◀ 伊散珠玛玛与喜仁玛玛

niohon boljon urgun yasai muke tukiyem
碧　　波　喜　眼　泪　　托着
sibo niyaman deri eyemhe
锡伯　心　田　流过
a　aisin šanyangga i muke
啊　金　银　　的 水呀
golmin eyen i muke
长　　流 的　水
tome boljon gemu ethen urgun tucimbi
每一朵浪花 都　胜利　欣喜　展现

　　啊！生命的水呀幸福的水，
　　碧波托着喜泪流过锡伯的心田！
　　啊！金银的水呀长流的水，
　　每一朵浪花都展现胜利的欣喜！

ereci gašan tob ujan yalu hedu undu
从此　村 落 相望　阡陌　纵横
ba ba de gemu sunja jeku jai ihan honin
到处　都是　五　谷 和 牛　羊
tumun aniya i　tala　calu　cahin ubiyalambi
万　　年 的 荒原　塞外　粮仓　变 为
niyalma cabcar buha　wesihun gebu ilibuha
人们"察布查尔大渠"光荣地 命名　为

　　从此啊村落相望阡陌纵横，
　　到处五谷丰登牛羊遍地；
　　万年的荒原变了塞外粮仓，

· 184 ·

人们光荣地命名为"察布查尔大渠"。

nadan aniya senggi nei eyembi
七　年　血　汗　流
tang aniya hethebe ilibumbi
百　年　大业　奠定
jakvn tumen bana usin neime
八　万　地　田　开垦
ujan jecen be karmabume
边　疆　保　卫
akdun beki ten ilibaha
坚固　根基　建设
niyalma tubote gongge be maktacunbi
人们　图伯特　功绩把赞颂

洒下七年血汗奠定百年大业，
开垦近八万亩肥沃的耕地，
建设边疆保卫边疆有了坚固基础，
人们纵情赞颂图公辉煌的功绩！

a ju tang aniya deri jime
啊　二百年　来
aisin gida selei morin
金　戈　铁　马
hedu undu sodom feksimbi
纵　横　驰　骋
oros ba na be
沙俄土地把

◀◁◀ 伊散珠玛玛与喜仁玛玛

ejelbure de alime muterku
侵占　忍受不能
tome gsan gemu buturu i hutun
每个 嘎善 都是 英雄 的 城堡
ergen senggi tome bana be karmambi
生命　鲜血 每一寸土地 保卫

啊，二百年来金戈铁马纵横驰骋，
岂容沙俄的魔爪来凌辱和吞食！
每一个嘎善都是一个英雄的城堡，
用生命和鲜血保卫每一寸土地！

a　ju tang aniya i suduri gong be
啊 二百　年 的 历史　功勋
we jim pinglembi
谁　来　评说
jonghua uksura i suduri dangse ci
中　华民族的　史　册　上
derengge eldengge emu fiyelen arambi
光　　辉的　一　页　写进
horonggo usun alin sibo niyalma i
雄　伟　乌孙山锡伯　人　的
tondo unenggi temgetu ilimbi
忠　诚　证　作
fulgiyan niyamen gurun boo i
红　　心和着　祖国 的
sudala sasari ketkenembi
脉搏 一齐　跳动

第三部　锡伯族迁徙之歌

啊，二百年来的历史功勋谁来评说？
中华民族的史册上写进光辉一页！
雄伟的乌孙山可以作证锡伯的忠诚，
红心和着祖国的脉搏永远跳动在一起！

第三部　锡伯族迁徙之歌（汉译）

在祖国遥远的西陲，
镶嵌着一颗璀璨夺目的宝石，
那是如花似锦的伊犁哟，
人道是古代乌孙旧址。

遥想当年准噶尔部的达瓦奇，
叛乱的烽烟发出称帝的梦呓，
班第、永昌二将军奋勇定边，
歹毒的狂虏覆灭在格登山里。

受难的人民渴望安居乐业，
残暴的匪徒妄想蠢蠢再起，
阿穆尔萨纳挑起分裂的黑旗，
将兆惠派往巴尔库儿。

浩荡的大军所向无敌。
阿穆尔萨纳溃奔安集延；
没有办法逃走，
历史罪人染疾命毙。

第三部 锡伯族迁徙之歌（汉译）▶▷▶

漫长的国界如何守卫？
边疆的百姓安得生息？
纵观史书啊调兵迁民，
屯垦戍边是万全之计。

大清皇帝发出谕旨，
传到盛京将军那里。
命令抽选锡伯千户人，
远戍边防到伊犁。

奉天省的锡伯啊眷恋故地，
亲吻沃土不忍上鞍呜咽哭泣，
诰命如山忍痛又割爱，
眼望故乡十步九回难别离。

吉林省庶民哟离别骨肉，
相抱痛哭何凄凄。
莫道是钢铸铁打的汉，
心如刀割垂泪涕。

黑龙江百姓呀告别众亲，
声声抽搐哭成泥；
纵使铁石心肠的人，
泪如泉涌把头低。

姑父姑姑哀戚来送行，
呼唤侄儿难舍共幽咽；

◀◁◀ 伊散珠玛玛与喜仁玛玛

万般悲痛救不了苦命,
挥泪行礼从此告辞。

舅舅舅母依依来送行,
一腔怨嗟簌簌泪沾衣。
哭干眼泪行人难久留,
今后相见只能在梦里。

家族来送行,
一齐聚集哭泣。
为了守卫边境,
与家族相离别。

至爱亲朋戚戚来送行,
牵衣顿足无言唯啜泣。
而今奉命戍边到伊犁,
与君惜别无会期。

满屯乡亲含泪聚议,
人间伤别莫过于此。
断肠时节应备饯别饭,
观天择吉四月十八日。

满怀忧悒到祖先寝地,
追念祖父辈的恩泽捶胸号泣。
此行一去跪拜万里之遥,
荆棘丛生的陵园谁来扫祭!

第三部　锡伯族迁徙之歌（汉译）

留下孤独的坟冢谁来烧纸钱？
面对先辈遗骨不忍离去，
同族皆西迁无人来培土，
唯有残月伤怀杜鹃血啼！

森然国法谁能逃避？
区区百姓能说不去？
天地无情恸哭何用，
万般冤屈吞在心里。

悲愤怨伤向谁倾诉？
涕泪纵横官吏怜你？
皮鞭催迟刑法欲施，
无尽缅思早应压抑！

角落里出嫁的姑娘怎么办？
莫非退还收下的彩礼。
恩爱良缘用不着宰羊，
远戍前匆忙对拜天地。

定亲的儿媳扶柳凝神，
难道割断忠贞的情丝？
共赴患难是女子的美德，
唤女快跟夫婿同穿戎衣。

可怜受尽折磨的童养媳，
难言苦衷逼出心中的疮痍，
将在边塞熬度少女的青春，

◀◁◀　伊散珠玛玛与喜仁玛玛

无尽的忧虑何日才能完毕。

备好踏上征途的什物，
生活需要千万莫怕费事，
带上故乡金银般的南瓜籽，
播在西域备荒好充饥。

精心装好吉样的喜利玛玛，
菩萨保佑子孙繁衍生息。
裹好祚福的哈尔堪玛法，
保佑六畜兴旺人丰衣。

三千余名锡伯人啊离乡背井，
强忍心中告别故乡的悲泣。
吞悲饮泪套上古老的木轮牛车，
准备离别丰美的故地。

远去的人们呀心肝摧裂，
哭干了眼泪又哭出了血渍……
送行的人们啊拦道号啕，
洒下的泪水把车印打湿。

马套木头车，
歪歪扭扭行走；
不分高低不平的路，
喊着"得尔浩"！

陡峭的山路崎岖难行，

健壮的老牛急喘粗气。
离开祖父父亲所在的地方,
依依不舍地哭泣。

赶车的吆喝声有气无力,
跟车的人迈着蹒跚的步履。
催促的鞭子抽得皮开肉绽,
一路青草涂染了斑斑血迹。

遥远的伊犁卡伦望不到头,
远征的队伍日夜兼程走得急。
头顶炎热腹中饭糗如草,
风剑霜刀里人畜积劳成疾。

辖领西迁大臣阿木胡朗,
是个贪婪残暴喝人膏血的狮子;
不等拂晓像黄鼠狼吼叫催促启程,
真是蛇蝎心肠狠毒又暴戾。

盐银菜金谁曾见过,
喂肥了狠心的贪官污吏。
可恶的贪官儿们,
中饱私囊。

戈壁之路颠簸难走,
想来路途并不近;
队伍日夜兼程走得急,
烈日烙着的沙石磨破了牛蹄。

◀◀◀ 伊散珠玛玛与喜仁玛玛

车辚辚,夜夜风餐露宿,
路漫漫,日日劳累已极;
哪个病倒了,
只能眼看着死去。

饥寒交迫使孕妇途中早产,
裸身嗷啼的婴儿命在旦夕,
割下路边的枯草当襁褓,
干瘪的奶头哪能咂出乳汁!

忍饥挨饿坚持走啊,
好不容易到了杭阿里山。
难以忍受干热呀,
急行军只好暂缓。

逶迤的队伍发出饥饿的呻吟,
心中的愁云凝聚得如此浓密,
吃完了树皮采集难得的乌珠么尔,
谢天谢地勉强填充饥肠辘辘的肚皮。

如此赶路也很快,
跋涉河水纵横的乌里雅苏台草地。
奋力疾走,
穿过朔风凛冽的科布多。

远看,
仅仅看到戈壁;

第三部　锡伯族迁徙之歌（汉译）　▶▷▶

无法预想，
还要承受多少苦难。

不知走路多少天，
没见过水草。
明明车破了扔了，
到现在还说车还在。

当北国飞来报春的大雁，
山花露出娇艳的笑脸，
在巴尔鲁克休整一冬后，
队伍浩浩荡荡通过新的难关。

春天来了，
三、四月了。
青草长出后，
向伊犁方向出发。

原野道路险峻，
车辆走得很慢。
在一片打骂声中，
走过塔尔巴哈台。

每天不停地走路，
牛都疲惫不堪。
被逼迫赶路，
破车全都坏了。

◀◁◀ 伊散珠玛玛与喜仁玛玛

河流汹涌咆哮，
从哪儿去找摆渡的船帆？
砍来山上的树木架起了桥，
"锡伯渡"的美名传到今天。

军队走在一片荒凉的戈壁，
干渴的人们吹绰伦娱乐。
夜晚围住篝火弹起冬不拉，
疲惫不堪的同胞以此聊以消遣。

忍受很多忧患，
再饥饿也得走；
过了老风口，
差点被狂风吹飞。

多少忧患啊，
暂且忍耐着走。
虽然走得耽搁迟到了，
然而已进入塔尔奇口。

果子沟险峻，
周边流水湍急。
车没有路可走，
边坐边看没有想出良策。

大家商量决定稳妥的办法，
马上动手；
在狭窄的沟里面，

第三部　锡伯族迁徙之歌（汉译）　▶▷▶

修建七十座桥。

凭一双开天辟地的臂膀，
架起桥梁开拓了坦途，
七月二十，
终于到达伊犁地方。

长途跋涉的队伍先后来齐，
芦草沟北面安营扎寨；
七月二十二日报到将军府，
来年迁驻伊犁河南岸。

皇上颁布戍边的期限，
驻防时间六十年一换，
待到六十年期满时，
功载青史重返家园。

六十个春秋虽然悠长，
总会盼到换班的时间，
住进富饶的伊犁河边，
捕鱼也可熬过饥饿的难关！

千里边防线摆下虎威的锡伯营，
减员的兵马暂编为六个旗，
大地母亲养育勤劳的儿女，
闲散马甲又重编正规八旗。

重编的意图官民皆知，

◀◁◀ 伊散珠玛玛与喜仁玛玛

遣返的诺言已成诈欺，
无根无蒂的军民要谋生存，
哪可坐等朝廷恩赐。

一手拿着弓箭保卫国土，
不让豺狼践踏卡伦旌旗，
一手拿着铣镰开源节流，
开垦狐兔野猪出没的荒地。

挥舞银光闪耀的铁锹，
刨掉树根搬走乱石，
英勇善战的兵民，
修成波光粼粼的绰霍尔渠。

流下汗水结出丰硕果实，
沉睡大地献出金灿灿稻米；
断缺的军粮用不着再发愁，
袅袅的炊烟带来生活的气息。

红火安定的日子刚刚开始，
潮湿河边流行致命的疟疾，
祈求苍天哀求神仙皆不灵，
可怜同胞死亡于可怕的瘟疫。

生存道路如此坎坷不平，
才站住脚跟的田园又要抛弃，
在广袤的坡地探明了水源，
引来淙淙的清泉辛勤耕织。

第三部　锡伯族迁徙之歌（汉译）　▶▷▶

转眼间已过三十七年，
亘古荒丘漠野里村落兴起，
涓涓溪流滋润绽放的花蕾，
轻飏杨柳逗引啼鸣的黄鹂。

喜利玛玛增拴弓箭和摇篮，
旗下档房的花名册填写儿女的名字。
人丁兴旺使泉水农田杯水车薪，
眼前耕地已经远远不足种植。

胸怀抱负的志士为民操劳，
远近山河留下勘察的足迹；
图公壮志凌云开引伊犁河水，
他为锡伯军民的安身立命深谋远虑。

终日饱食的贪官们恶言啧啧，
刁钻古怪的索伦岱行同狗彘；
心怀叵测诽谤图伯特，
妄想阻挡人民的意志。

摩伦大喇嘛一片丹心，
大义凛然力排众议：
"若要此事功告无成，
愿同图公斩亲灭族在所不惜！"

正义的呼声压倒邪恶，
捣鬼的蠢猪们不敢再放厥词；

·199·

◀◁◀　伊散珠玛玛与喜仁玛玛

男女老少犹如众星捧月，
拥护图公造福子孙的建议。

四百多名健儿气壮山河，
跪对猎猎大纛庄严宣誓：
心里如钢跟随图公开山劈岭，
若不水到渠成死不辞！

壮士胆量粉碎了顽石，
挥洒的汗雨浸湿戈壁；
图公身先士卒肝胆相照，
不辞辛劳出入帐幔含蓼问疾。

多少个返工的痛苦时刻，
他细心琢磨塌方的沙石，
多少个励精图治的不眠之夜，
他秉烛耿耿迎接黎明的晨曦。

刺骨的寒风冻冰打颤的牙齿，
炎热的太阳焦灼身上几层皮？
勇士们的信心坚定不移，
哪会把艰难困苦放在眼里。

两千五百多个日日夜夜奋斗不息，
牵引的水龙乖乖听从英雄的意志，
引过了沟壑穿过了山丘……
像一条银色的飘带奔流二百里。

第三部　锡伯族迁徙之歌（汉译）

啊！生命的水呀幸福的水，
碧波托着喜泪流过锡伯的心田！
啊！金银的水呀长流的水，
每一朵浪花都展现胜利的欣喜！

从此啊村落相望阡陌纵横，
到处五谷丰登牛羊遍地；
万年的荒原变了塞外粮仓，
人们光荣地命名为"察布查尔大渠"。

洒下七年血汗奠定百年大业，
开垦近八万亩肥沃的耕地，
建设边疆保卫边疆有了坚固基础，
人们纵情赞颂图公辉煌的功绩！

啊，二百年来金戈铁马纵横驰骋，
岂容沙俄的魔爪来凌辱和吞食！
每一个嘎善都是一个英雄的城堡，
用生命和鲜血保卫每一寸土地！

啊，二百年来的历史功勋谁来评说？
中华民族的史册上写进光辉一页！
雄伟的乌孙山可以作证锡伯的忠诚，
红心和着祖国的脉搏永远跳动在一起！

后　　记

　　锡伯族有没有史诗一直存在争议。有人说：真正意义上的史诗没有，也有人说怎么没有？民间叙事长诗《迁徙之歌》不是史诗吗！说实话这种观点有些牵强。史诗是反映历史题材的长篇叙事诗，一般分为以远古神话为题材的神话史诗和以英雄人物的斗争故事为主要题材的英雄史诗。《迁徙之歌》是一部真实反映清代乾隆年间4000多名锡伯军民从盛京西迁伊犁戍边的历史壮举的优秀民间叙事长诗。然而，这部叙事长诗以叙述锡伯族西迁历史事件为主，刻画的英雄形象不够集中，尚未出现像格萨尔王、玛纳斯、江格尔南征北战，拯救人民的建立丰功伟绩的神奇高大的主要英雄形象，且篇幅过短，历史跨度不够。如果说是一部神话史诗，其神性体现在哪里呢？也许这就是引起锡伯族有没有史诗争议的主要原因。

　　那么，锡伯族究竟没有完整意义上的史诗呢？我的观点是鲜明的——有。当我们将充满神话性的《萨满歌》、充满英雄主义气概的《喜仁玛玛》和历史性与现实性相结合的《迁徙之歌》放在一起阅读时，锡伯族完整意义上的史诗就呈现在我们眼前。在朝克兄的提议下，我承担起编写锡伯族史诗《伊散珠玛玛与喜仁玛玛》的重任。我在编写的过程中，第一部"伊散珠玛玛"重点以纳拉二喜传写和永志坚编译的《萨满神歌》上卷第一章、第四章、第五章和第七章的内容为基础，第二部"喜仁玛玛"重点以何钧佑先生的长篇故事

后 记 ▶▷▶

《喜利妈妈的传奇》和阿吉·肖昌、阿苏根据何钧佑先生的长篇故事《喜利妈妈的传奇》改编的叙事长诗《喜利妈妈》为基础，第三部"锡伯族迁徙之歌"重点以管兴才整理、佘吐肯翻译的《西迁之歌》为基础。为了保留原作的原始性，其基本情节甚至诗句都保留了下来，只是根据编写的指导思想作了适当的删减和修改、补充。引子和第二部《喜仁玛玛》的第六章完全是我自己加写的，主要是根据有关资料和锡伯族民间传说而创作的。

由于时间紧，教科研工作繁重，在规定的期限内未能全身心投入其中，瑕疵是难免的，敬请有关专家、读者批评指正。

贺元秀

2020 年 12 月 28 日